静岡連隊物語

——柳田芙美緒が書き残した戦争

静新新書

032

目　次

柳田芙美緒

柳田芙美緒（右）と加藤まさを

柳田芙美緒とその時代

静岡市の中心部に位置する駿府公園。徳川家康の居城だった駿府城の苔むした石垣と堀が周囲を巡り、休日ともなれば、家族連れやカップルが、したたるような緑の中で憩いのひとときを過ごしている。２００９年（平成21年）春も、堀沿いの桜はひときわ美しく優雅な花をつけた。

公園の東南角に、１９９６年（平成8年）に復元された東御門がある。ここから園内に入ると、右手の芝生広場の中ほどに、高さ３メートルを超える石碑がひっそりと建っている。表面には「歩兵第三十四聯隊址」の文字――。

今は平和そのものの光景が広がるこの場所に、１９４５年（昭和20年）夏まで、旧日本陸軍の歩兵部隊があった。主に静岡県中部、東部出身の兵士が入隊した郷土部隊で、「静岡連隊」と総称された。

一番早く創設された部隊は歩兵第３４連隊。日清戦争が終わった直後の軍備拡張で１８９６年（明治29年）に産声を上げ、翌97年に豊橋からこの地に移った。ロシアと日本が戦った日露戦争（１９０４年―０５年）に投入され、昭和になって中国との戦争が始まると、上海戦を皮切りに、中国大陸を転戦した。
日中戦争とそれに続く太平洋戦争が激化する中、独立歩兵第13連隊、歩兵第230連隊、歩兵第118連隊などの部隊が相次いで編成され、230連隊はガダルカナル、118連隊はサイパン島、独歩13連隊はフィリピンのレイテ島などで全滅に近い悲惨な犠牲を出した。

柳田芙美緒は、この静岡連隊に出入りを許された写真師、カメラマンだった。1933年（昭和8年）頃から静岡一の繁華街、両替町に写真店を構える傍ら、連隊本部にも出張所を置いて、入隊間もない若い兵士や部隊幹部のスナップを撮影・販売した。時には軍隊内の警察とも言える憲兵の求めに応じて、軍が絡んだ事件や事故の現場写真も撮っていた。部隊と一緒に中国大陸やジャワ・スマトラを駆け回り、郷土出身兵の素顔をフィルムに記録した。一時期は中国・南京に支店を開設している。従軍期間は足掛け八年にわたった。

1970年代の終わりごろ、柳田にインタビューした昭和史研究の第一人者、保阪正康氏は、柳田のこんな言葉を紹介している。（講談社刊「戦友―静岡連隊写真集」の解説「柳田芙美緒とその写真」）

「いつからか、私は、命令されたまま写真をとるのに倦いた。自分自身の目で見たものを撮影したいと思うようになった。そして、兵士の身になって、戦闘を見つめたくなった。兵士たちは、私がレンズを向けると、必ず威を正す。だが、そこには虚勢があり、望郷の目が輝く。私はそれを見のがしたくない、それを故郷に伝えたいと思うようになっていった…」

「戦争カメラマンでもないし、戦場カメラマンでもない。言ってみれば、戦友カメラマンのようなものであろうか」「戦意高揚でもない、反戦でもない。そういう物足りなさを言う人もいるかもしれない。だが、時代の中の空間をそのまますべて適切に押さえている写真だと思う」「量と言い広がりと言い、昭和史の記録としてこれほどの写真は見たことがない」――。

保阪氏は後に、静岡新聞記者の取材に、柳田作品の価値を熱っぽく語っている。

だが、柳田の本質はカメラよりも、実はペンにあったのではなかったか。本書に収録した、いくつかの散文を読んでいると、そんな思いがこみあげてくる。

実際、柳田の長女真由美さんは、「父は、写真家というより、物書きだった」と振り返っている。

静岡市葵区柚木の静岡県護国神社。その一角に、今も柳田の写真スタジオが残っている。赤い屋根瓦の、古びた木造平屋建て。1950年代後半に、静岡連隊の将校集会所を移築したもので、連隊の歴史を物語る、数少ない〝生き証人〟だ。

真由美さんによると、柳田はスタジオ兼事務室の真ん中に絨緞《じゅうたん》を敷き、文机を置いて、暇さえあれば原稿用紙に向かっていた。机の周りには多くの資料や書物が常に雑然と広げられていた、という。

柳田は一つの原稿を仕上げるのに、何度も何度も推敲を重ねた。句読点や改行の仕方にも、独特のこだわりがあった。作品の構想をしたためたノート類も多数スタジオに遺っている。そんな柳田の原点は、小学校時代にまでさかのぼる。

柳田は1909年（明治42年）8月5日、旧西益津村大覚寺、今の焼津市大覚寺で生まれた。日露戦争が終わって、ほぼ四年。この年の十月には、明治の元勲伊藤博文が旧満州（中国東北部）のハルビンで韓国人青年安重根に暗殺されている。時代は「明治」から「大正」

に大きく移り変わろうとしていた。

瀬戸川をまたぐ県道焼津藤枝線の鴻益橋を藤枝側から渡ると、すぐ右手に見上げるほどの松が二本残っている。脇には、水神様をまつった小さな祠。通称水神松と言う。柳田の生家はここにあった。

母タカと兄の一の三人暮らし。少年時代から人一倍体格がよく、相撲部屋から誘いを受けた、との〝伝説〟もある。「水神松のフンミー」と呼ばれたわんぱくな少年は、今の中学一、二年生に当たる西益津小高等科のころから詩作に目覚めた。


掛川西高教諭で地元の近現代史に詳しい村瀬隆彦氏は、「志太の文学青年から写真家へ・静岡連隊を撮し続けた写真家柳田芙美緒」（静岡新聞社刊「近代静岡の先駆者」）の中で、「詩人柳田芙美緒」の誕生を丁寧に追跡している。

折しも、大正デモクラシーの真っ只中。静岡県内では、国定教科書に縛られない、綴方（つづりかた）と呼ばれる自由な作文教育が広がっていた。柳田も創刊されたばかりの地元の児童文芸誌「かもめ」に、積極的に詩や散文を投稿した。

1923年（大正12年）に「かもめ」に掲載された入選作がある。

「使ひのかへり」西益津高一　柳田富見男

お日さま　西に
　　かたむいた
僕はつかひの
　　かへりみち
「道くさしずに早よかへれ」
お日さま　やさしく
　　手まねいた

「（人一倍母親思いの）繊細な感性、『かもめ』での入選。小学校の大先輩加藤まさをへのあこがれもあり、柳田は詩を志したのだろう。」〈村瀬氏「志太の文学青年から写真家へ」〉

加藤まさを（1897年―1977年）は、今の藤枝市大手生まれ。柳田より一周り年長の挿絵画家で、「かもめ」の表紙の絵を描いていた。童謡「月の砂漠」の作詞でも知られる。母子家庭で育った柳田にとっては、文字通り父親のような存在だった。柳田の才能は仲間うちでも抜きんでていたようだ。村瀬氏は、前述の論文に「柳田が友人から一目置かれる存在であったことは確かだろう」と書いている。

柳田は高等科卒業後、地元の鉄道会社に就職した。仕事は踏切番だったようで、真由美さんによると、列車が通過していない時はひたすら読書に励んだという。

1928年（昭和3年）、文学仲間と「太陽詩人連盟（白光線詩人連盟）」を結成。同人誌「太陽詩人」の編集にかかわりながら、精力的に叙情豊かな詩を発表した。地元の女学校で文芸展を開いたり、個人詩集を発行したりもしている。この年、大好きだった母が亡くなり、病弱な兄を抱えて、精神的にかなり追い詰められていた時期だったが、芸術活動に打ち込むことでそれを忘れようとしたのかもしれない。

1930年（昭和5年）、柳田は徴兵され、静岡の歩兵第34連隊第9中隊に現役入隊した。前年の29年10月に始まった世界恐慌は日本にも深刻な影響を与えつつあった。翌31年9

月には、日本と中国の戦争の導火線となる満州事変が起きている。

だが、静岡県内にはまだのどかな空気が漂っていた。柳田が入隊した年の5月、即位したばかりの昭和天皇が静岡を訪れ、静岡連隊で閲兵した。柳田は中隊当番勤務を命じられ、参加していない。身長１８０センチを超える長身。「連隊で二番目の大男」の柳田に合う軍服がなかった、というのがその理由だった。

友人にあてた手紙では、軍隊生活についてこんな風に書いている。

「この頃兵隊の勤めも大部なれて来ていろいろ面白くなった。ワラ臭い「ホマレ」の煙草もアルミニュームの食器に盛り上げる麦飯もなれてしまえば大好物と言うわけだ」。

本来2年の兵役を、1年で終えて除隊すると、再び地元のミニコミ紙「駿遠タイムス」に時事評論などを投稿するようになる。まもなく上京し、加藤まさをに師事。加藤のもとでカメラと出会った柳田は、写真の世界にのめり込んでいく。

「詩」から「写真」へ。しかし、それは一瞬を言葉で切り取るか、映像でとらえるかの違いでしかない。柳田の「詩」にあふれていた叙情性は、そのままフィルムに焼き付けられることになった。

昭和十年十二月十三日午後二時、満州派遣の初年兵が勇躍出発する。

昭和十二年十二月十八日午後二時、上海戦の遺骨が家族に渡された。

村瀬氏によれば、柳田が連隊付き写真師となったのは、１９３３年（昭和8年）のことだ。日本は満州事変を契機に、中国東北部にかいらい国家「満州国」を樹立。だが、国際連盟は「満州国」を承認せず、日本はこの年、国際連盟を脱退する。ドイツでは、ヒトラー率いるナチスが政権を掌握、世界は急速に戦争に傾斜していく。

この頃、柳田に大きな影響を与えたのが、西益津出身で衆院議員や大同電力社長などを歴任した増田次郎（１８６８年―１９５１年）だ。柳田は略年譜「わびしき年輪」（「静岡連隊写真集」）の中で、「反逆放浪の途中、増田次郎氏を知り、考え方を人間愛におきかえる。」と書いている。

同じ「静岡連隊写真集」収録の「旅路の記録」には、連隊付き写真師になるまでのいきさつが記されている。

「連隊の副官に川住義次と云う人がいた。奥さんは岡田啓介の姪であった。

オートバイで広い営庭を、砂塵を倦《(ママ)》いて突走っていたら、根性の悪い週番司令にふんづかまった。

連れて行かれた処が、連隊本部の川住副官の前であった。憂国天下を論じ、愛国の詩一篇を空で朗読したら、

「俺のうちへ遊びに来い。」

と云った。

川住少佐の家は掛川であった。

最中を一箱下げて出掛けると、アグファ、エペム、組立写真機などをずらっと並べて、

「これは俺の私物だが、お前にやるから連隊の写真屋をやれ。」

と云うのであった。

機械や暗室道具を、汽車で二往復して自宅へ運んだ。写真の仕事への開巻であった。

川住少佐が南海の海でやられたと聞いた時、私は最前線に居た。

上衣の釦《ぼたん》を五つ揃えて東天に向って最敬礼した。」


その後の柳田の歩みは、そのまま静岡連隊の歩みと重なる。柳田の「悲歌　静岡聯隊」(「小説中央公論」1963年新春特別号)によれば、従軍歴は次の通り。

「昭和十年十二月十三日満州派遣静岡歩兵第三十四聯隊（横山部隊、田辺部隊）と共に朝鮮羅津に上陸、北満五常山河屯、一面坡に従軍。

昭和十二年十二月中支・田上部隊に従軍、北支を経て一旦帰還、昭和十三年末まで内地と中支の間を四回往復す。

昭和十四年四月、新設歩兵第二三〇聯隊（静岡聯隊）に属し、広東に上陸。昭和十五年正月南寧作戦の途次、静岡大火の報あり部隊命令に従い、第二三〇聯隊将兵の見舞金を持って慰問使として空路静岡県庁に至る。折返し南支の原隊に復帰。同年末、部隊写真帖製作のため帰還。

昭和十六年二月写真帖完成。

昭和十六年十二月十日、台湾経由香港に到着、以来ジャワ作戦まで九竜の二三〇聯隊に属す。

昭和十七年一月二十九日ジャワ作戦のため香港を出発、三月一日ジャワ敵前上陸。同月九日蘭軍全面無条件降伏す。

昭和十七年三月中旬スマトラ島に進駐。

昭和十七年八月帰還命令、スマトラ、シンガポール、馬来半島、タイ、仏印、海南島、台湾を経て内地帰還、終戦となる。」

この間、1937年（昭和12年）に入院中だった兄の一が他界、39年（昭和14年）には長男真理を病気で亡くしている。柳田には終生、天涯孤独の影がついて回った。

長い戦争が終わった1945年（昭和20年）8月15日。生まれ故郷の大覚寺に疎開していた柳田は、ラジオの玉音放送を理髪店で聞き、虎刈り頭のまま涙を流しながら帰宅した。まだ幼かった真由美さんは、何か異様な事態が起きたことを子供心に察知したという。

終戦後の柳田は、静岡ニュース編集室の看板を掲げ、南アルプスの自然を写真や16ミリで撮るようになった。静岡市内や焼津市内の幼稚園に出向いて元気に遊ぶ園児の姿を撮影したりもしている。

1950年代の半ば、戦争中の静岡空襲で焼失したと思われた従軍当時のフィルムが、自宅の防空壕から偶然見つかった。猛火にあおられ、水に浸かってカビだらけになった写真やネガの数々。柳田は3年の歳月をかけて、その復元に情熱のすべてを傾ける。「一切の生活を失うか、この複元《ママ》作業を擲《な》げうつか」という悲壮な覚悟だった。

「家族を集めて、死んでも墓石はいらん、今しばらくこの作業を続けさせて呉れ、と嘆願した。

人は知らず、自分にとっては、懐しい写真であった。涙の滲《にじ》む感慨の記録であった。命にかけても陽の目を見せてやりたかった。」（静岡連隊写真集「旅路の記録」）

かつての戦友たちはこの写真を1枚、2枚と買い取ってくれた。そのおかげで柳田は辛うじて糊口をしのいだ。この写真を元に1962年（昭和37年）8月、「静岡連隊写真集」を刊行。柳田はキャプションからレイアウトに至るまで徹底的にこだわり抜いた。まだ戦争の記憶が生々しかっただけに、写真集は全国的に大きな反響を呼び、映画化もされた。

柳田の3女で幻のフィルムを発見した稲葉夕映さんは終戦から間もないころの父の姿をよく覚えている。柳田は戦後、静岡市浅間町にあった自宅の庭で多くの草花を育てていた。毎日その草花に、何時間もかけてバケツで水をやりながら、決まって大粒の涙を流していた、という。それは、はるか南方のジャングルで一滴の水を渇望しながら息絶えた多くの戦友たちへの鎮魂の行為ではなかったか。

本書に収録した文章は、ほとんどが従軍当時を振り返ったものだ。執筆したのは、1950年代後半から60年代にかけてとみられる。

戦後10数年、一人胸に秘めてきた思いは復元作業をきっかけに堰を切ったようによみがえり、言葉となってあふれ出した。これらの文章は、おそらくそうして産み出されたもののように思われる。書いても書いても、柳田の心の渇きはけっして止むことはなかったに違いない。

1987年（昭和62年）八月六日、柳田は七十六歳で人生を終えた。肺がんだった。手術で片肺を切除したレントゲン写真を見て、「安い機械だし、カメラマンが腕が悪いからピンぼけだ」と冗談を言うなど、最後までユーモアも忘れなかった。

翌年発行された230連隊第3機関銃中隊の記念誌「戦友のあゆみ」には、柳田の詩が遺っている。

「思う」

とにかく　私と共に歩いた数万の
人達は　かえらない
彼等は　祖国の栄光を信じ戦った
彼等は　生き残る人々の為に死んだ
その人達の悲しみを背負って
生きたいと　思う
彼等の血の流れの上に　またがって
橋が出来た　平和のかけはしだ
血と涙と　骨粉を敷きつめて　道路が出来た
平和のいとなみの　細い道路だ
しみじみと思う　平和は尊い
しみじみと思う　平和はありがたい
生きている事は　ありがたいと思う

せい一杯　動ける事は　ありがたいと思う
日々　死に方用意で一生懸命　生きたいと思う

（本書中の写真の説明文は主に「静岡連隊写真集」による）

思い出の静岡三十四連隊

悲涙の碑

飛び乗った長い従軍の旅

昭和十年、年の暮れ。横山部隊は満洲派遣軍の新鋭部隊として一路北満へ征く。どうせ、駄目だと思ったけれど、正式の従軍を書類で願い出してあったが、前例もなく時局柄てんで問題にされなかった。

今朝、うちを出る時、だまって、ひそかに万に一つの望みをもち、その日の服装は軍服まがいの外套を着て、軍靴を履いていた。写真鞄の中には、軍帽そっくりの、在郷軍人の満期帽ももっていた。

駅のホームには、県下代表の面々、礼装でいっぱい。大日本愛国婦人会と、デッカイ角ゴジックのタスキを掛けて名流婦人の大集団。スパイや怪しい者がいないかと、憲兵も大勢出ている。

いよいよ発車間ぎわ、振りたくって紙旗はち切れ、すっ飛び、棒だけで万歳！万歳！と振り廻す。

駅員や憲兵の制止もものかわ、わざと締め切ってある窓ガラスを、「明けろ、明けろ」とたたき、マンジュウやアンコロ、大福餅、袋もろ共投げ込んだりする。入れ歯をすっ飛ばし、見送りの群衆の足の間を、這いつくばって探し廻っている人もいた。

列車が次第にスピードを増し、更に一段と歓声が爆発した。

青ラインから赤線三等車が二輛三輛と目の前を過ぎて行く頃、後ろから押してくる婦人会を一生懸命押し返していた力を抜いて、身がまえとっさに私はデッキに飛び乗った。

眼をまん丸くしてぼっ立っている榛葉中尉の前に立った。

榛葉中尉は、棒立ち、

「ほほう、貴様ァ、やったァ！」

と、いった切り。ふうふういいながら腕をつかんで輸送指揮官の前へ連れて行った。

国井輸送指揮官の第一声は、「ウヘッ！」だった。しばらく口をもぐもぐしていたが
「こいつ、たまげた、馬鹿ったれ！」

と吐き出し、フーンと息を呑んで

足の先から頭のテッペンまで、しみじみ、見上げたり、見下ろしたりしている。

「好きな人と、別れるこたァ辛いもんだ。と、考えて、ぼっ立っているうちに、ボーッとして何が何んだかわからなくなってしまって。後ろの方から、つきのめされたような気もしますが。申しわけありません。」

「馬鹿もん、その辛い別れをしてみんな兵隊たち、こうして戦地へ行くじゃないか。」

ぐッとこたえたが、ここで敗けてはいられないと思い
「だから自分みたいなもんが必要なんです。向こうから部隊の活躍ぶりをどんどん写真に撮って静岡へ送ろう。うちでは嬉しがるずら。」

国井指揮官、腰を下ろし、黙んまった。

「いっぱい呑め。」

コップに一升瓶から酒をこぼしながら言った。

「要塞軍港から船は出るんだぞ。手続きもふまんで写真機なんかぶら下げて軍用船なんかに乗れるもんか。汽車の間は仕方ない。ええ。いつでも降ろされる覚悟で乗ってろ。」

もともと私は酒が呑めない。嬉しまぎれ、たてつづけ三杯、肴にもらったゲソ付きスルメ一枚ぶら下げたままダウン。眼がさめたら名古屋の駅をとうに過ぎていた。醜態であった。

昭和十二年八月二十六日、田上部隊第一大隊の出発。
此の軍旗は、再び帰っては来なかった。

舞鶴から横山部隊追う

軍港、舞鶴の港は快晴であった。

朝の暗いうちから乗船が始まっている。輸送船へ一個小隊ずつ運ばれてゆく。

ここは厳重な要塞軍港。見送りの民間人も限られた要路の人たち二十人あまりだけ。最後の幹部連を運ぶ小蒸気船がいよいよ近づいて来た。

国井輸送指揮官は私にいった。

「柳田よ。遠路命がけで見送りご苦労であった。軍用列車へ無賃無許可で乗り込んで来た手合いは日本国中でお前位のもんだ。ここであきらめるんだな。」

とうとう、「構わん。船へ飛び込め。」とは言ってくれなかった。ほまれの煙草を一つくれた。

出航は夕方であった。遠くの山の端しに船が小さく消えるまで、倉庫の荷物の間に体をかくし、寒い風を逃げながら海を見ていた。

一人になった。真っ暗くなった。さみしくて動くのもイヤになって、暗い倉庫の中で空腹をこらえてこのまま寝てしまおうと思った。

何時頃だったろうか、突然寝ている顔へ向けて大型懐中電燈を闇の中からつきつけられ、びっくりした。飛び上がった。そのはずみに荷物の上から転がり落ちた。

盗賊は二人組であった。海の方へ逃げ出そうとすると、私の体を羽交締めに押さえつけ「兵隊さん！早まってはいかん！」と叫んだ。

盗賊ではなかった。港湾の見廻りの人たちであった。

脱走兵か、集合時間に遅れて船においていかれ、思いあまって自殺でもしようとしている善良な兵隊さんと思ったらしい。

私は、寒さと空腹でガタガタふるえながら、ぼう然と立っていた。二人は私の体を抱きかかえたまま早口でいう。

「心配せんでええ。気を大きくもちな。そこに宿直室がある。ストーブもある。スイトンもある。憲兵に報らせはせん。電話もあるから。」

宿直小屋に連れて来られた。

「あのーぅ。すみませんでした。」

と、いいかかると、

「ええ。聞かんでええ。心配せんでええ。今、電話でうちの会社の船をあっち、こっち探して見るけん。スイトン食ってあったまれ。」

港湾で仕事をする人たちの独特の隠語のような、舞鶴地方の方言のような、聞きとれない早口で続けさまに電話をかけている。

判断すると
「ここを出て羅津《らしん》へ行く軍用船の兵隊が一人、事故で残っている。どこかそっち方面へ行く便船か回送船はないか。」

と聞き合わせているらしい。

私は、だまって、赤いストーブの火を見つめつづけて居た。

電話のやりとりは一時間あまり続いた。どの電話も望みないようだったが、少し間をおいて掛かって来た電話を聞き終わると、二人は小屋がわれんばかりの大声をあげた。足を踏み鳴らして叫んだ。

「兵隊さん。よかったぞ。あした敦賀から羅津《らしん》の隣の清津《せいしん》へ行くうちの貨物船があるぞォ。こりゃァ足が早いし石炭どかん、どかんたけァ大丈夫あの船追い越す位だぞォ。兵隊さん。向こうに着いたら死んだ気で謝るだぞ。一生懸命お国のために尽すんだぞよ。おら、こんなに一生懸命やったんだで、無にするでないぞよ。けっして途中で悪い考え起こすでないぞ。駅までは憲兵に見つからんように連れてってやるで。」

雪のしんしんと降っている敦賀の町へ着いた。港へ出る。船に乗った。船賃はいらないという。

◇　◇

部隊の船は羅津に入港、私の貨物船はほとんど同じ時刻に清津へ着船した。

ここも要港、海岸に日本軍の憲兵分駐所が出ていた。軍曹らしいのがこっちを見ている。〝軍人とも、軍属とも、そうかと言って民間人ともはっきりしないおかしなのが来たわい。単独便船で堂々とこっちへ来る位だから、特務機関あたりの偉いのかも知れん。〟そう思って見ていたらしい。

内心思った。ここでやられたら大変な事になる。検疫注射は一本も。外国渡航の証明、身分証、なにもない。脱走どころか密航、逃亡、軍法会議か朝鮮の豚箱か。国井輸送指揮官も

腹切りもんだ。とろとろしてはいられない。早足で軍曹に近づき
「ご苦労！」とまず一発、続けざまに早口でいった。

「今朝十時、羅津へ着船した北満派遣横山部隊要員で国井部隊へ追及する者だが、ここから羅津へ行く近道を教えてくれ。」

ありがたや、彼は徴塵も疑ってはいないようだ。「貴官の官姓名は。」ともいわなかった。直立、敬礼でいった。

「はあッ！羅津までは八キロ。海岸線を行けば近いでありますが、この通り厳寒、結氷、困難であります。サイドカーを出すであります。」

「それはありがたい。頼む。」

こういう時にはあまり嬉しまぎれにしゃべらないようにした。外は零下三〇度、さすがこの時は体中汗びっしょり。

遠くへ車を止めた。運転して来た憲兵上等兵に「ご苦労。」に「さん」をつけ、最敬礼。足を早めて国井指揮官の前へ近づいていった。

「柳田、ただいま到着しました！」

国井輸送指揮官、またしても口をパクパク、フウフウいうだけでものが言えない。

両手で軍刀をつかみサヤごと砂浜にぶっつけ「貴様ァ、貴様ァー」といいながらグルグル廻っている。腹をかかえて笑い出した。

涙がぼたぼた流れ落ちた。私は痛い程カカトをくっつけて不動の姿勢で立っていた。

かくて、北満へ。その後、太平洋戦争の終わり近くなるまで、長い従軍生活への最初の展開であった。

大満洲と朝鮮と、国境に近いここ羅津の海は、海岸から丘へ、丘から山へ、そうして山から空へ、白一色の雪景色であった。

精兵田上部隊、上海へ発つ

昭和十二年八月。県都静岡の街は、軍国一色に塗りつぶされていた。

昨日赤紙で召集された三千の人達は連隊内が編成中の野戦行きの部隊でいっぱいになっているので、市中の民家に分宿待機することになり隣組に呼びかけて、各町内に人員割当てを急いでいた。

「おカネはいらない。ご馳走もうんとする。ワシンチうちにも兵隊さんを泊めてくれ。」と希望者が殺到して、町内会や在郷軍人会の役員が整理や断るのに大苦労をしている。

数万の付き添いや家族たちが、汽車からドカドカ下りてくる。連隊街道といわれている駅から濠端へ直線道路の御幸町方面は四六時中身動きも出来ない。カンカン帽に紋付き羽織の人たちが多い。

濠端のプラタナスの街路樹にしがみついて、ねばりつくように油蝉が鳴いていた。

盧溝橋があぶない。北支が火を噴く。そう思っている矢先きいきなり第三師団に動員下令と来た。

温容、田辺盛武連隊長は、既に頭に白毛まじり、野戦向きではないという事か、陸軍省人事課にいた加藤守雄大佐と交代が決まった。ところがこの人、着任早々凡病、日赤病院送りとなってしまって、あわててピンチヒッターとして登場したのが歩兵学校教官で定評のある作戦通の田上八郎大佐であった。

この人の事を考えると、武運に恵まれた軍人というのか、あわれ悲劇の武人というべきだろうか、今でも私にはわからない。

田上連隊長は発令わずか三日目、取るものも取りあえず飛んで来たというあんばいで、静岡へ赴任して来た。既に八月十四日までに動員編成も完了している。銀縁の丸い眼鏡の底にキラキラするようにきびしい目が光っていた。中一日あるだけで壮行会、送別会どころか二十六日には出陣と決まっているギリギリのドタン場。

県、市へもろくろく挨拶も出来ない。そんな中で私を呼び寄せ、たった一枚、将校集会所玄関で真新しい野戦服、戦闘帽姿で写真を撮る。そのついでに無理矢理、営庭岳南神社前に将校全員を集めてもらって、記念写真の段取り。中央から左半分戦闘帽が野戦行きのめんめん――

右半分近藤栄留守隊長以下軍帽組が残留将校四十七士に百人増しの百四十七人。残された写真はその二枚きり。消え行くものの悲しみを伝えて今に残る。

連隊長が誰れになろうと、将兵の闘魂はもの凄いものがあった。名門岳南の静岡連隊、敗けを知らない日露戦争の橘大隊。神風連隊、軍神の塊りみたいに張り切っていた。

ここだけでなく、どこもかしこも、軍も民も官も燃えすぎていた。もしもこの頃、少しでも戦争の空しさ、かなしさ、国の行方をつぶやいているものがあったとしたなら、それは口を閉ざしていた日本中の女性くらいじゃなかったかと、わびしく思う。

静岡市街からはるか北東へ、標高一千《メートル》の龍爪山は『軍神ガミさん』だという。連日祭りのように群なして多くは婦女で夜道を登る。

百社参りといってあっちこっちの氏神さんを探し廻り、戦争がおさまるように、早く帰っ

未だ一応は常勝が続いて居る頃、元気な新鋭部隊が、
次々に繰出されて行った。

滝本部隊の出発、宝台橋付近で見送りの人々を、列車の上から撮す。

てくれるように願かけ。街角に立って道行く人に頼んでタマの当たらないという願いをこめた千人針の腹巻き作り。清水次郎長や森の石松の墓石けずり、そのけずり取った墓石のかけらを物入れに持っていると、ケンカに強い人たちの墓だから負けずに帰ってくるという、かなしい、バカバカしいみたいな願いごと。鉄砲水のような時の流れの中に、はかない抵抗でもあったろう。

出陣部隊の編成装備は完璧であった。ことごとく一装新銃。衣服は靴から水筒、靴下に至るまで全部下ろしたて、銃は格納油にくるまったピカピカ。油汚れや汗くさい古いものは一つもない。

出発の日は早朝から静岡の目抜き通りは車馬通行止め。もっとも、車馬といっても、その頃、自動車は官衙だけ集めてもごくわずか。憲兵隊にサイドカーが二台、荷車と自転車とリヤカー、それと牛乳の配達車の二輪車だけのこと。

道路、街角、石垣、土手の上は人垣でいっぱい、ぎっしり。道の真ん中を広く開けて部隊の出て来るのを旗をかかえて待っている。

部隊は三回に分かれて静岡駅へ到着、駅前で一時間家族との面会が許された。

汽車の沿線も歓送の人たちでうずまった。この列車の歓送で、確か隠されていたようだが、焼津駅の構内で混乱して二人か三人の死亡者が出た筈だ。

こうして熱狂歓呼の声に送られて出発したわれらの軍神〝橘部隊〟がだれが考えてもあれ程までに上海戦でやられるとは夢にも思っていなかった。

九月二日北支事変は支那事変と呼称がかわる。九月五日、わが郷土の精兵田上部隊は上海に上陸する。そうして一カ月たらずの戦闘で一個連隊全員といえる程の負傷と戦死で営門を出て行った顔ぶれはほとんど変わってしまった。

召集が続く、補充隊がどんどん出る。遺骨は次から次へと帰ってくる。名古屋、豊橋、静岡と陸軍病院は満員。それぞれ分院、第二病院の急造を始める。

上海戦の苦戦の悲報にいたたまれず、田上部隊長チヨ夫人は東京の家を引き払い、子供と一緒に静岡へ転宅、見も知らぬ市内を駆け巡り連日激励慰問、迎骨、慰霊祭と苦しい日が続いた。

指揮が下手だ、連隊長を交代させろ、と投書が舞い込む、投石、面罵する者まで出る始末。もともと夫人は病身、ノイローゼになり、とうとう十三年五月初め、陸続と遺骨が、静岡へ帰ってくるさ中、不幸な手段で自らの命を断った。さぞかし辛かったことであったろう。

遺髪と遺品と遺書をもって単身、戦線に部隊長を追う。その悲涙の使者は私であった。

田上八郎部隊長。十三年八月一日、戦線将兵たちから慈父の如く慕われ、別れを惜しまれつつ朝鮮龍山旅団長として去る。戦争の末期、雪兵団長として豪軍と対決、戦い続け勝ち続け生き続けて八カ年、落日終戦となる。豪州ホーランデァナにて昇天、絞首刑。

ジャワの東海林部隊をしのぶ

私は昭和五十年の十二月から、五十一年春にかけてインドネシア一周の旅に出た。

かって三十余年前、敵前上陸をした島々へ追善行脚の悲願の旅であった。

「ネシアは対日感情よくないというし、タイショウ、あんな格好でジャングル、辺境へもはいって行くという。ヒョッとしたら帰れないかも知れないな。」という。

「戦争よりオッカナイもんがあるか。帰ってくらァ。」

激しいこころの感動をひしかくし、憮然とつぶやいて一人で旅立ち。

現地商社の偉い人たちも、その格好やその根性じゃ見ていられない、という。屈強な運転手と体重百二十キロ、柔道三段、見るからに強そうな男を通訳につけてやるという。

雨期の悪路、往路だけで七時間、ジープで走り通し。辺境インドラマァユ郡エレタンの海へ出た。泣いた。

三十数年前、ここに上陸をした静岡三十四連隊の分身、二三〇連隊（東海林部隊）の激戦快勝の島ジャワ島。その海岸は昔のまま、塩田になっていた。

探し回って、その当時の事について話の出来る〝オヤジどの〟を見つけ出した。

「あの時の日本軍にくっついてきたカメラマンです。」

というと

「なんだか見たような気がする。」

と、泣かせる事をいう。彼は昂奮を静めてようやく本気になってしゃべり出す。彼はわれわれがここに上陸した頃の部落長だったという。

「あの兵隊らァとんでもない兵隊だった。ここの海岸にもオランダ軍司令部からの命令で、自分たち仲間が日本軍が来るかも知れないといって警戒していた。

あの日の前日、日本軍らしい船を遠くへ出ていた漁師が見つけたのですぐ司令部へ電話かけた。何んていったと思う。バカいうでない。一パイや二ハイの船で敵がここまで来れる筈がない。しかも赤道の真下、あの日は真っ昼間のような満月だ。そりゃ味方の船のあやまりだ、といったよ。自分もそうかと思ってその夜寝た。翌日になったら、たまげたじゃないか、目の前の海にデッカイ貨物船に兵隊がいっぱい乗って三バイいる。

ようやくその頃になってオランダ軍司令部も気がついて大騒ぎになった。私の部落の人たちも、こりゃ大変と身支度していると、何んと私のうちの勝手場から三人、日本軍の兵隊がカニのような格好で、音のしない靴を履いて顔を出した。行ったり来たり、すぐそこのカリジャチ飛行場からタマを運んで上陸地点の原っぱ、草っぱ、民家や森を目がけてオランダ軍機の低空掃射が始まった。

ものすごいタマの雨になったョ。だけど、どう考えて見ても、あの日本の兵隊たち、たまげたヤツラだ。爆弾が落ちる。タマが降る。そのさいちゅう飯盒で飯たいて食ってた。オランダ軍機は、行きに道路、帰りに海岸線と往復して一日中、繰り返し低空爆撃をやっていたが、とうとう日本軍には爆撃機どころか戦車一台なかった。たしか九時か十一時頃、トラック五台陸揚げされたが、すぐ兵隊を満載してスコールのドシャ降りの中を飛行場へ突っ込んで行った。」

十七年三月一日のジャワ敵前上陸の状況はこの〝オヤジどの〟の話で間違っていない。

更に〝オヤジどの〟の面白い話が続く。

「三本も四本も、爆撃で鉄の電信柱がすっ飛んだ。それを日本軍の小さい兵隊たちが、道路の邪魔にならないように電線をぶら下げたまま片づけた。木の股や民家の屋根へ立て掛けていた。

その頃、タマ積み換えてやって来たオランダ機はどいつもこいつも、その電信柱めがけて集中攻撃だったナ。日本軍の高射砲と間違えたのだョ。日本軍アタマがいいと今でも語り草だ。」

その頃、日本軍は南進作戦の注意事項としてデング熱、マラリア予防を徹底させて進攻作戦には多量の蚊取り線香をけい行させた。

二三〇部隊もこのエレタンに上陸。ここで暫時集結と決まると、この小さな部落の風上、周囲高さ二メートル位の木々の枝に、火のついた無数の蚊取り線香をつるし歩いている衛生兵がいたことを知っている。

敵は、この線香の火をタバコの火と間違えたらしい、この〝オヤジどの〟も今もタバコの火だったと思っている。こんなことをいう。

「日本軍はアタマがいい。上陸早々、部落の周りの飛行機から見える方向へタバコに火をつけてたくさん木につる下げた。オランダはいっぱい食った。日本軍のタバコの火だと思って高くからエンジン止めて忍び寄り一斉にドカドカやった。日本軍が全滅したつもりらしかったが、その頃、日本軍は道路っ端でメシ食っていたョ。」

時の流れ三十三年、彼我それぞれあの日この日にピントを合わせながら、一生懸命、私は話を聞く。その頃、まだ日本軍は意気さかん、軍規も厳正、特にこの二三〇連隊東海林部隊は精神教育が徹底していたし、大丈夫だとは思いながらも恐る恐る気がかりなことを聞いて見る。

「〝オヤジどの〟よ。それでも気狂いじみた戦争の日の事だ。さぞかしみんなに迷惑かけた事だろうナ、女子供にそそうはなかっただろうか。」

返事は次のようだった。

「逃げちゃって、追っかけられた娘ッ子なんて一人もいない。男共の中に二、三人、あっちへ行けと小さいカニめにブンなぐられたのがあったぐらいで、殺されたネシアは一人も聞いていない。」

インドネシアは今、雨期。はげしい雨の中を女子供も大勢集まって来た。仕事は休みにするという。

「今夜泊まってその時の戦争の話を公民館でやれ。」という。

「残念だが行きたい所がいっぱいだ。」と断る。

別れしなに、〝オヤジどの〟はいった。

「子供みたいに可愛いい顔をしていた兵隊らだったなァ。いいトウサンになったことだろう。よろしくいっておくれ。」

憮然として答えた。

「ここの作戦を終えると、スマトラへ行った。そこで少し休んでから、またここに上陸した時とおんなじ格好で三バイの船に乗って、ガダルカナル島へ行った。そうして、みんな死んだ。」

〝オヤジどの〟は目をむいて怒った。

「嘘いうな。ガダルカナルなんて地図にも載ってないゾ。どこの国だ」

声なし、ガ島英霊二千六百柱帰る

香港作戦、ジャワ作戦と世界の戦史に特異の戦歴をうたわれながら、東海林部隊（二三〇部隊）はガ島で玉砕した。われわれの静岡連隊が、玉砕と呼称されたのはこれが最初だ。

十八年師走も近く、そのガ島で消えた人たちの遺骨が静岡へ帰って来た時は、十日ばかり静岡の町は灯が消えたようになった。

遺骨の箱の中に、なんにも入れるものが無かったし、物資不足のためもあって、その箱は上海戦ころの大きさの半分、これを包んで首へかける白い布も一尺五寸ずつ短くした。切ないことに、その尺五寸のハネた白布を使って、遺骨宰領《さいりょう》の兵隊全員のマスクを作った。

帰って来た箱の数より留守隊の兵員が足りないので、学生を動員、一人で二つずつ胸に抱きかかえている者もいた。

民間で夕方の短い時間、配給酒が販売されていたが、それも当分禁止。歌舞音曲も禁止。各家庭でもラジオニュースだけを暗い灯火管制下の茶の間でションボリと聞いていた。

何んと掛け声をかけても、これではとうてい駄目だと思った。

二千六百の白い箱は、市内を行進、いったん寺に安置されたあと、後日、営庭の一列百五十体、十九段の祭壇に安置された光景はさながら遺骨の城であった。

後ろに白亜の兵舎があった。その年は雪も早く、山裾まで真っ白な富士の姿があった。慟哭、痛恨、忘れられない絵であった。

この慰霊祭を執り行った留守隊長は伊藤豪大佐であった。名の如く豪勇をもって鳴る部隊長も弔辞は止切れ止切れで泣いていた。

南京に在る田上部隊の供養塔の前へ、後送されて来た傷病兵が、やっとの思いで辿着いた。

最後の静岡連隊、南海に散る

この伊藤部隊にも、最後の静岡連隊（歩兵一一八部隊）として出陣の日が来た。この部隊の軍装は決して満足といえるものではなかった。物資不足が次第に響いてきていた。静岡連隊中のありったけの弾丸と銃をかき集め、自活用に大謀網の漁具、各自の非常携行食品、焼津のカツオ節一本。

兵隊も疲れていた。どう見ても、これが静岡連隊の精兵といえる格好ではなかった。

十九年五月八日の暗夜、連隊北門を開けて部隊主力は忍び足で出発、静岡駅へ。列車に乗った兵隊は興津駅で約二日間、列車内でカン詰めにされたあと横浜へ着いた。防諜、擬装、迷彩を厳重にして、五月二十八日横浜を出港、館山沖で船団を組み、南方への海路に乗ったが、戦局回天の夢も空し、六月四日、名古屋港から出た部隊の勝川丸が米潜水艦の魚雷を受けて沈没、ついで、五日高岡丸などが沈められ、六日にはハーブル丸など静岡連隊の乗った輸送船が沈没し、目的地サイパン島沖洋上で海底に消え去った。救助されたわずかの将兵は翌七日、サイパン島に無惨な姿で上陸。そして玉砕した。

伊藤部隊が編成されたのは四月十一日、創隊わずか、ほとんど戦わずして南海に散った。将兵の無念思うべし。

この伊藤部隊にはロクな写真が一枚も残っていない。撮影し、残しておく勇気がなかった。無念、ざんきの極みであった。

この部隊には歴史がない。この部隊には戦いの記録がない。他のそれぞれ各隊の生き残りの人たちは友を呼び、人を集めて戦友会、慰霊祭と追善追憶の日もあるけれど、静岡連隊最後の伊藤部隊には一回の戦友会も、慰霊祭も行われたためしがない。

肉親、戦友、とりたててえにしもないけれど碑をつくり安らぐものであるならば、たとえ小さくてもいい、伊藤部隊の悲涙の碑を建てたい。

そのかなしみを伝えるために。

（1976年11月19日発行、静岡新聞社刊「静岡県激動の昭和史」）

ジャワ上陸記

残照が海を染めた。

どんよりと凪がくる。

九龍の波止場に一人でぼっ立っていると、青い服を着た二つの屍体が流れてきた。よく見ると、屍体は二つでなくて三つであった。腕をからげている様な恰好で固まり合い、浮きつ沈みつ、ゆっくりと下の方へ流れて行った。

十米ばかり離れた処に立っていた五、六人の中国人の仲間が、死体をちらっと眺めた様だったが、すぐ眼を逸し、ぺっぺっと唾を吐いた。

海鳥が飛んでいる。鳥かも知れん。

遠くへ眼を逸して、

「いたましいな。」

と独り言が出た。

対岸、香港島の山のてっぺんに盛上る様に金色の雲が出た。

夕暮の香港島は、絵の様に美しかった。

まばたきし乍ら、雲の固まりを眺めていると、惜別のかなしみがふっと、風の様に過ぎた。

沈没している敵船の残骸の間を掻き分ける様にして、連絡船がポンポンと這入ってきた。

顔馴染の船舶要員に、

「よう。」

と云って、船に乗ろうとすると、中からすっとんきょうな大声をあげて、私の名前を、もどかしい支那語で呼んでいる女がある。

すぐ、それは張文菊である事が判った。

今日、私が彼女の兄を訪ねる事を約束してあったので、朝から既に四回も、この連絡船で海を往ったり来たりして、待っていてくれたのだそうである。

兄の手術は良好で、やれやれと思った。

今日は私が訪ねる日だと云って、散髪をしたついでに、この前、話してやった日本の坊主の話に感激して、てかてかに頭をそってしまったと云う事だ。

気持の転向、懺悔を表わしたつもりだろう。

文菊も眼をくりくりさせながら、心楽しいのか、ひっきりなしにしゃべり出した。

「香港と九龍の間の、連絡船のコースの右左に、いくつ駄目になった船が沈んでいるか知っているか。」

と云った。

「たしか二、三十じゃないかな。」

と云うと、

「とんでもない、四十三だ。」

と云う。

そのうちの一隻の帆柱は、一つの船のものが二本海面へ出ているらしいから、そうすると、四十二個だ、とも云っていた。

「今朝から二往復する間に、丁寧に、全部数えたんだから。」

と云う。

そんな話を聞きながら、岸壁を流れて行った屍体も、たしか頭が三つの様に見えたが、或いは一つは膝小僧だったかも知れない、と考えたりしていた。

すると、すぐ目の前を、さっきの屍体がぷかりぷかり、また流れて来た。

しかし、よくよく見ると、それは同じ屍体ではなかった。

一人は髪の長い女で、もう一人は顔はふくれていたが、十二、三歳位の女の子であった。

やがて連絡船は、香港の岸壁に着いた。

×

十日程前の事であった。

本部の渡辺金一軍曹と連れ立って、九龍の街を歩いていると、街角の壊れた土壁の陰で、少女に呼びとめられた。

渡辺軍曹の手真似半々の支那語の話を、長靴の先で、舗道の石をつつきながら、聞くともなく聞いていると、

「丸三日、御飯を食べていません。病人があって手術をしたいので、この時計を買って下さい。」

と云っているらしい。

占領直後の各地で、こう云う風景はいくらでもある事だし、それに、女や子供を使って飛んでもない喰わせ物を売りつけられた例が沢山あるので、同情も興味も持てなかったが、渡辺君は俸給を三ケ月まとめて昨日もらったばかりのせいか、

「ふんとらしいな、見てやるか。」

と云った。

「大人《たいじん》、時計は多々《たあたあ》あるよ、安い良ろしい時計なら買うよ。」

と云うと、

「五円売買《まいまい》。」

と小さい声で答えた。

私が、ひょいと顔をその少女に向けると、小姑娘《しょうくうにゃん》は、左手の奥の方にはめていた腕時計を、周囲を見廻しながら、真赤になって外そうとする処だった。

丸顔だが、決して美しい子ではなかった。

ゴールド側の三針で、婦人用であった。文字盤が黒い色の夜光の様であった。

「五円！不好《ふぼう》でなあ。」

と渡辺君は大袈裟に叫びながら、

「一円五十銭なら売買。」

と云って、その時計を私の前へ差出した。

すると、とんきような声をあげて、

「兄さん、足痛い足痛い、死ぬ死ぬ。」

と云ったかと思うと、ぺたんと地べたに土下座をしてしまった。ぽろっと涙をこぼした。ゼスチュアにしては、あまりに真に迫っていた。

頬っぺたに吊る下っている、大粒の涙を二人で見つめながら、しゅんとした気持になってしまった。

香港の想い出に、云う通り買ってやろうじゃないか、と話が決まり、更にもののはずみで、時計はいらないぞ、と云う事になってしまったのだ。

すると小姑娘も、

「そんなら乞食と同じだ。」

と云って、頑として聞き入れない。

通りかかった上等兵の補助憲兵が、敬礼し乍らうさん臭そうな眼付で見て通るし、渡辺君も、その場の空気に感激してしまって、

「日本軍人は人殺しばかりが商売じゃねえ。」

と許りに、五円札を一枚ひっぱがして、二人ですたこら橋を越して、いつも飯を喰う食堂へ飛込んでしまったのだ。

渡辺軍曹が、二杯目の焼飯を喰い終るのを、待遠しく、ひょいと外を眺めると、さっきの小姑娘がぼっ立って私達の出てくるのを待っていた。

これが、張文菊との出合いであった。

×

文菊には桂根という兄があった。

日本軍のバイアス湾上陸部隊を悩ました、広東の抗日正規軍の敗残兵であった。

敗残兵と云うより、逃亡兵であった。

右大腿部に、日本軍の三八式歩兵銃弾を一発入れたまま、ここ香港へ逃げて来たが、医療や食糧の配給も受けられず、貧民区の一部屋に妹の文菊と二人で暮しているのだ。

その後、渡辺軍曹と二回、自分だけで一回、彼等の隠れ家にも訪ねたのだが、兄と妹の切実な生活は見ていいて耐え難かった。

戦火止んで、ひと時の平和の感傷も手伝って、私達はすっかりまいってしまった。

銃弾の傷口は化膿して、発熱は毎日四十度を越していた。文菊は、その傷口に口を当て、膿を吸取ったりしていた。それが、彼女の毎日の日課であると云っていた。

×

香港岸壁の左に沿って、だんだら坂を登って三つ目の角を曲ると、そこに兄妹の住家がある。

桂根の寝床の棚に鉢植の花が咲いていた。四季咲きのバラであった。

兄妹は手術の結果は思ったよりいい、と云っていたが、私は駄目だな、と直感した。栄養不良で、ひどく痩せこけてしまっている。

それでも寝床に起上ると、がらがら云う様な声をふるわせて、「謝々《しぇいしぇい》」を繰返していた。

罐詰を二個、砂糖を一包、それに軍用ヨーチンと痛み止めの頓服とを並べて、一時間半ばかり腰掛けていたが、思い切って云ってしまう事にした。

「今日は、お別れに来たのだ。」

すると、そのままの姿勢でしばらくぽかんとしていたが、そのうちに急に泣き出してしまった。

「しばらく日本へ帰るのだ。また平和が続く限り、きっと逢えますよ。」

と云って、私が笑いを浮べて見せると、

「ほんとうに日本へ帰るのか。本当にまた逢える日があるのか。」

としゃくり上げながら、文菊は云った。

「乗船は、明朝十時です。」

と云って、彼女に波止場迄送ってもらった。

振返り見る香港島は、巨象の様に大きく睡りに這入ろうとしていた。ちらほら山腹の道を巡って灯りも点いていた。その灯りを巡って、今日も帰ってくる難民の群が夜通し続いている。

こちら九龍の街は、日本軍が大勢駐屯しているので、街も明るかった。

街路樹の陰には、アーク燈が点り出した。ボヘミアンの心を濡らす、薄紫のやわらかい光であった。

私には、別に帰営時間も厳重ではなかったので、途中で波止場の喫茶店へ寄り、いつもの玉子ミルクを呑んでいると、深沢富直軍曹が公用腕章を付けて外を通って行った。二人で連れ立って帰営、いよいよ明日はここを出発である。

×

昭和十七年一月二十九日、東海林部隊、ジャワ作戦出発の朝となった。

恐らく、再びこの町にもあの香港の港にも、足を踏み入れる事はないであろう。朝靄に霞む港の街を眺めていると、流石に感傷に胸がうずいた。

梱包は既に昨日の内に積込んでおいたから、装具だけの軽装で、しばし住み慣れた営舎を出た。

乗船場の入口で自動車を下りると、五、六百米先の幕舎の中に、部隊長や連隊幹部が一団となって立話をしているのが見えた。

停止敬礼をして、ここを過ぎ、積上げられている貨物倉庫の横の道を歩いて行くと、目の前に文菊が飛んで出た。

びっくりして、

「何んだ！」

と云い乍ら、その顔を見つめると、この少女の顔に今迄見たことのない、切実なきらめきを感じた。

それは、今迄に見慣れていた少女の顔ではなく、憂いの深い娘の顔であった。

五十米ばかり先には、船泊衛兵がわざと横をひん向いて立っていた。

「兄さんが悪いのか。」

と云うと、

「ううん。」

と首を横に振ってまたぽろっと一つ、大きな涙がこぼれ落ちた。

「ああ、別れという奴はいやだなあ。」

と考え乍ら、文菊の差出す風呂敷包を受取ると、手ざわりで、何か鉄の棒の様なものと、やわらかいぐにゃぐにゃしたものが這入っている事が判った。

江頭少佐と木村軍医、それに大木曹長など五、六人の一団がこちらへやって来るし、あまり恰好のいい図ではないと思ったので、大慌てで十円札一枚を引きずり出し、風呂敷包を受取り乍ら、その下で文菊の手に渡し、小さいこぶしになった手を強く握りしめてやった。

後を振向くと、

「さようなら《さいほい》、さようなら《さいほい》。」

号令と同時に乗船が開始され、全員黙々として船艙の人と成る。

滝本部隊の出征列車を送る沿道の人々。此の少年達の多くも、後に狩出され戦死した。

と云ったまま、一生懸命船に向かって駆出した。
文菊は嗚咽の様に、喉を鳴らした様だったが、一言も声を出しはしなかった。
文菊との最後の別れであった。

×

岸壁の石畳の上に、各中銃隊が背嚢を付けたまま上を向いて足を投出し、円陣を作ってい
た。乗船間の注意や、作戦行動の大要などに付いての注意を受けているのだ。
私は本部編成の中に這入り、西山大尉の長途の船中生活に必要な注意を受けただけで、後
の学科は、対潜水艦作戦や、対空戦に関する教育で、直接貴官には関係がないから先に乗船
して宜しい、と云うので一人でタラップを登る事にした。
船室には勝又曹長一人きりで、文菊の事を話そうと思って探している渡辺軍曹は、酒保品
の積載勤務に廻されて居なかった。
腰を下ろし、文菊の風呂敷包みを開けて見ると、自動車の小型空気入れと、グッドイヤー
の自動車チューブが一本、そのチューブに、六尺ばかりの麻紐が付いていていた。

ははん、と気がついた。航海中にこのチューブに空気を入れ、この紐を体に結え付けておけば、万一ドカンとやられても大丈夫と云う意味であろう。有難い様な、面白くない様な気がして、しばらく別れる時の小さい手の温もりのことなど考えていると、どやどやと兵員の乗船が始まった。

かくて、想い出多い九龍と香港に別れを告げて、船は夕方の六時にここを出港し、一旦編成準備のため、台湾へ集結する事になった。

×

たとえ、長期作戦の途中とは云うものの、内地の方向へ向いて進航しているという事は、しみじみと嬉しい様な、又、切ないものであった。

日本語の使える台湾へ上陸が出来るかも知れんと思うと、気持が浮き浮きした。

「満期船なら、嬉しいずらなあ。」

と、つぶやいていたのは宇野曹長であった。

しかし、台湾沖に着船し、ここで一週間近く停泊したのであるが、兵員は上陸が許可されなかった。

　ぶうぶう云って船室にごろごろしている外に、所作がなかった。せいぜい、甲板の上からロープを下ろし、小さいジャンクを漕いで物売りに来る連中から、食糧品や煙草を買って無聊を慰める事だけが楽しみだった。

　小舟のおやじが、バナナの房を抱き上げて二本とか、三本とか、指を突出した。上甲板の兵隊がロープにかねを付けて下ろしてやると、バナナが結え付けられて上って来た。

　時々、憲兵の乗った巡視艇のモーターボートが近づくと、ここで一切はおじゃんになった。ジャンクは蜘蛛の子を散らす様に逃げ出し、甲板の兵隊も一斉に頭をひっ込め、素知らぬ顔をして居なければならない。銭をつかましたっ切り逃げられた兵隊があって、べそをかいていたが、間もなく憲兵が居なくなると、さっきのおやじが素早く近づいて来て、

「兵隊さん、悪かったのう、一本まけておくんでのう。」

と上を向いたまま、ぺこぺこ頭を下げていた。

喰いたい一心と、適当なスリルを愉しみながら、これを毎日の仕事の様にしていた。

それを眺めて、げらげら笑って日長夜長をつぶさなければならなかった。

×

ジャワ作戦計画が決定された。密かに私はメモにしるした。

十六軍編成、軍司令官は今村均中将。師団長は富士宮出身の佐野忠義中将。

昭和十七年二月十八日頃、仏領印度支那、カムラン湾に集結して、ここを出発する。

原少将指揮下の巡洋艦一隻、駆逐艦三十二隻の護衛の外に、小沢長官直属の大巡二隻を輸送船団の後方に進航させる。

ジャワ全島に分散攻略をする事になり、第一団はバタビヤ（現在のジャガルタ）の西方四十粁のバンタン湾と、その西方メラク海岸に上陸させる。上陸後は一部の兵力を以って首都を攻撃、主力の軍司令官とその直轄部隊は西方からバンドン要塞を攻撃する。第二団の土橋師団と坂口旅団は、スラバヤ西方のクラガンに上陸。上陸成功後は主要都港スラバヤへ向う。第三団、我々の東海林部隊二三〇連隊は、中部パトローネに上陸、敵の心臓部に上陸を敢行、ジャワ島第一の飛行場、カリジャチイを占領後にバンドン要塞を北方から攻撃。第一、第二大隊だけがこの編成に加わり、第三大隊大根田安平少佐の部隊は、佐野忠義師団に加わって、スマトラ石油産地パレンバン地区に発進する事になった。

内心、これは大変な事になるぞ、と思った。

何故なら、第一団、第二団と、スマトラへ行く大根田第三大隊の佐野師団は、数十隻の大船団であるのに、我々は輸送船がたったの三隻だけ。こりゃあ完全なおとり部隊になるかも知れん、と思った。

それか有らぬか、この華やかなジャワ作戦に従軍する非戦闘要員の、画家、文人、詩人、作曲家、新聞記者などは、七十名近くも名を列ねていると云うのに、東海林部隊への配属従軍希望者は、一人も居なかった事でも判断が出来ると云うものだ。

台湾停泊中、三回陸地に上陸し、各方面の情況判断の結果、これはいよいよ命運窮まれり、と思わざるを得なかった。

留守宅へも最後になるかも知れない、と心をこめて手紙を書送り、今迄着て来た下着なども一切ひっくるめて小包で送り出し、船に罐詰になっている奴等に振舞ってやるつもりで、有金残らずを羊羹に換え、一梱包をひっ担いで足も重たく船へ帰る。

そのあした、船足十二ノットの諏訪丸は、ジャワ攻略、大渡洋作戦のために台湾沖を出発した。時に二月五日であった。

×

東海林部隊、隊号は二三〇連隊、南方作戦間の呼称は沼八九二六部隊。昭和十四年九月十三日、豊橋高師ケ原に於て新設編成。

初代連隊長は滝本一麿。兵員の構成、静岡が二箇大隊、岐阜の兵隊が一箇大隊。精兵であった。

昭和十四年秋、南支広東に上陸、仏山を振出しに南寧、中山を攻略。ここで二代連隊長東海林俊成大佐に代り、十六年十二月八日、深圳国境突破、香港攻略の花形部隊となって登場した。

香港島一番乗りの野口部隊は、この部隊の第三大隊である。

香港陥落が十二月二十五日午後五時五十分。あんまり勝ち過ぎ、飛出し過ぎて感状もれ。それから僅かに一ケ月、ジャワ作戦の急先鋒として、今ここにある。果たして、武勲を重ねつつ盛運の航跡をたどるのであろうか。

黒潮の風に頬をなぶられて、感慨深く今日も暮れて行く。

×

台湾の港を出ると渺とした海が展けた。

さっきから眺めているけれど、やっぱり続く僚船は二隻だけだった。

兵隊達は上甲板に立ち尽して、だんだん霞んで見えなくなる台湾の山々を瞼に写しながら、遥かなる向うのふるさとの山河に、想いを馳せている。

度々の、こうした祖国を後に船出した経験から、こう云う時はなるたけ、ぽさっと立っている兵隊達に話かけない事にしている。

甲板の兵隊達は、こんな事を考えている。

「この作戦が終ったら、戦争も終るかも知れん。戦争が片づかない迄も、編成換えが有って満期になるかも知れん。だがしかし、行く先は鬼ケ島のジャワたあ、まるっきり遠いなあ。二年、三年、果たして生きて帰れるだろうか。生きて帰ったとしても、家の奴らあ随分変っちまう事だろうなあ。」

暑くなった。額が汗にびっしょりだ。

今、初めて気が付いたが、ドコンドコンと云うエンジンの響きが伝わって来る。

ぐるりを取囲む水平線、ああ空や水なる船の上。行く先は南海の果て、この船上生活が一ケ月も続くのだ。やり切れなくなって船艙に転がり込んだ。

夜の点呼後、連隊副官と一緒に一人の男が訪ねて来た。従軍記者の腕章を付け、バルダックスのカメラを持っていた。毎日新聞の大西特派員であった。

「一人もこの船団に従軍者が無いと云うので、自分がまいりました。」

との挨拶である。

私は、台湾出発前のこの関係の情報を詳しく知っていたので大いに感激、彼の持ってきたウイスキーと、私の枕元に積んであった練羊羹で大いに乾杯、一夜にして肝胆照す仲となった。

×

台湾出港四日目、漸く本格的な熱帯に這入った。

ハッチを閉めている。厳重な燈火管制である。船艙は蒸風呂の様だ。

毎日毎日、ぐたぐたと寝転がって家の事を考えたり、やがて展開されるであろう運命をいろいろと想像したりして睡れぬ夜が続いた。だんだん暑さと運動不足で思考力がにぶり、どうにでもなれと云った様なふてくされた気持になっていった。

×

甲板で朝礼があり、体操をやる。

午後一時から軍歌演習が始まる。

手を腰に当て、髭だらけの顔を並べて歌声は海に拡がった。体を左右に動かし乍ら、思い切り大口開いて歌っていると、いろんな事が想い出されて、涙がぽたぽた髭にひっかかりひっかかり落ちていった。

昨日今日、船底の軍馬が暑さと水不足のために三頭が危ないと云っていたが、とうとう一頭死んだ。飯前に船底に這入って行くと、当番兵が馬の首っ玉に抱きついて、眼を真赤に泣きはらしている。

馬糞や藁や馬の匂いで頭がくらくらした。

この馬は南支で討伐の時、前脚一本を砲弾でやられ、橋梁の下に捨てて部隊が前進した処、その日の夜十一時頃、ちんばを引き引き後を歩いてきて、兵隊の仮宿している小屋へたどり着いたと云う、因縁付きの駄馬だった。

夕方海へ投げて水葬した。馬の首っ玉に人参が三本結えてあった。

×

「ジャワ。面積十三万二千平方粁。丁度、日本本州から、奥羽、関東だけ除いた位の大きさだ。人口四千百七十一万、敵軍は連合軍約十万と思われる。インドネシア住民は反蘭親日に傾いている。この国のかつての聖者ジョ・ヨボの予言に曰く。我が民族の救世の主は東方より白馬に跨り、天馳け来たる、と明示してある。その時が来たのだ。今ぞまみえん。」

隣の船艙で誰かがはっぱを掛けている。

うつらうつらとし乍ら、聞いた事がある文句だな、と思ったら、私の日記を大木曹長が持出して読んでいるのだ。

この船に、渡辺君という名古屋出身の通訳が乗っている。戦前、ジャワ実業界に羽振りを利かしていた百貨店の社員で現地生活二十年と云う男である。

如何にも外務員らしく軽快で、ごたを交じえて半信半疑の話も多かったが、まだ見ぬジャワの話をぽんぽん語るので、船中の人気の的であった。

「わしがのう、想うにのう、内証の話だがのう。」

と前置をして、三回ばかりゆっくりほまれの灰を空罐に落してから、

「上陸の地点に鰐が並べて有りゃせんかと思うのだがのう。」

と、やらかした。

海岸一帯に杭を打込んで、その杭に鰐のでっかい奴をふんじばって、腹を減らして並べてあったらどうする、と云うのだ。

これには、流石の橘連隊の歴戦のつわもの共もがっくり、てんで返事が出来なかった。

「そんなに鰐が居るずらか。」

「おお居るとも、夜なんぞ河の水っ面を大蛍の様に光るもんが、列を並べて走っている。それがみんな鰐の眼ん玉だ。」

この渡辺放送の鰐戦術は、迫真性が有るので頭を痛くした。皆してしばらく喧騒をきわめた末、隠密作戦であった場合は、鉄砲をぶっぱなす事が出来んから、そこらの丸太ん棒かドンガラ石を集めて、それを鰐の口の中に放り込もう。

東海林部隊は昭和十七年五月、輸送船から此の達磨船に乗換え、
スマトラに登場した。

船艙内を二段に区切った改造輸送船の寝台は、暑さ寒さも耐難く、
通風口も有って無きに等しい。

放り込む物が何にも無かったら、仕方が無いから帯剣の鞘を、

「こう持って、こう云う具合に直角に、上顎と下顎へつっかい棒になる様に突込む事だ。」

で、一応対抗戦術は落着した。

「戦車のキャタピラに爆雷を放り込む方が、おら恐くねえな。」

宇野軍曹が云った。正直な処その通りであった。

今日から、マレー語の講習が始まった。

こうなると、渡辺通訳は神秘な神さまみたいな存在になった。

笑い顔を兵隊の前でめったに見せた事のない坂本老大尉ですら、

「渡辺通訳、御苦労であるのう。」

にこにこし乍ら敬礼して、聴講に加わった位だ。

「先ず第一に、私の事をサヤと云う、有難うはトリマカシーだ。」

そうして、娘さんがプロンプアンである事などはいっぺんで覚えた。

そこで渡辺通訳、寺小屋さながらに神妙に座っている将兵をぐいと睥睨《へいげい》、

「気ぃつけにゃならん事が一つある。」

と云って、助平髭を鼻の頭から撫で下し、

「異民族、要するにだ。民族、人種の異った人間同士の性病と云う奴は、どえらい事になる事を知っておかにゃあならん。」

と云うのである。

「今迄の広東や香港あたりなら、たいしたこたあねえ。白人だって、それ程恐れる事はねえ、今度はそうはいかんぞお。」

これには『鰐の散兵』以上に、びっくりした。

「いったい、どう云う事になるずら。」

とうとうたまりかねて、その道の苦労人、白石上等兵が恐る恐るお伺いをたてると、

「ええか諸君、性陣訓として聞いておけ、蝋燭病になるんだぞ。」

と、千金の重みを加えて厳粛であった。

「へぇぇ蝋燭病？　なあーんだ、肺病か。」

白石上等兵の安堵にも似た溜息。この時、このせりふがやま場とばかり、ものすごい声で絶叫した。

それは、二等陸軍通訳官、渡辺君一世一代の憂国の大獅子吼であった。

「馬鹿こくでねえ、てめえのおちんこが蝋燭みたいにずるずる溶けて、無くなっちまうんだ

よ！」

×

カムラン湾である。どこの港も沖から見ると、おんなじ様な姿を展げている。

遠くから双眼鏡で眺めると、焼津の在、和田の浜辺の様な印象であった。

浜辺に干してある網の様なものを大慌てで取込んで逃げて行く婦女子が見えた。

ココ椰子か、パパイヤか、海岸線に群生して暑そうであった。

ここに停船、水を補給して船列を整え、いよいよジャワ海道を驀進する事になる。

中条寧富連隊副官、鈴木主計中尉、深沢、渡辺、白石、それに大西記者と、現地視察かたがた調弁する物が有るかも知れない、と恐る恐る上陸して見る事になった。

言葉は安南語の地方訛で、さっぱり駄目。ここの土民に通用するかねが無いので、一切無言の物々交換であった。

真鍮でもメッキでも、金色でさえあれば、最高の取引ができる事が判ったので、大慌てでまた本船へ帰り、肥後守の真鍮のナイフ、使えなくなったペン先、それに万年筆のキャップなどを掻集め、バナナ三百本、ライチイ二籠、マッチ三十を手に入れた。

街で逢う女共が、口からぼたぼた血の様な汁を流して何かをくしゃくしゃ噛んでいる奇怪な風景が、噛煙草と云うものである事も判った。

「久しぶりの土の上だなあ。この次こうして砂地を踏む時は、鰐か地雷か。」

思わず砂浜に懐しく腰を落して感慨にふけっていると、四十がらみの女が顔中皺だらけにして愛嬌を振りまき乍ら、こっちへ来い、と云う仕草である。

グロなので心細くなり、三人の下士官を連れてついて行くと、椰子の木陰に二人のおやじが一生懸命汗だくになって四本柱をぼっ立てていた。

その周りをアンペラの様なもので囲んでいる。

暑いので休憩所でも作って呉れたのだろう、と思って見ていると天井がない。

そのうちに奇声を発して笑い乍ら、顔のどす黒い若い女が前を歩いて、その後からがたぴしの寝台を男が担いで来て、小屋の中に寝室を設営した。

四人の善良なる日本軍人は、まだ意味が判らず、ぽかんと立っていると、その寝台の上に、この黒い女がぎすぎすに痩こけた体を横たえ、或る種の姿態のヒントを公開、一人ずつやって来い、と云う手真似素振りをした。

アンペラは隙間だらけで、四方八方から見えっ放し、さすがにこの四人のつわものも色を失い、先ず一番に逃げ出した奴と、何んとなく未練そうに一番後から振返り振返り帰って来た奴が、この四人の中の誰であったかと、その後のジャワ進攻の船の中で、長い間の語草であった。

×

爆笑の想い出を残して、汽笛もドラも鳴らさずにカムラン湾を出発した。二月の十八日であった。

この月の三日に陸の荒鷲ジャワ初空襲、四日はジャワ沖海戦、蘭軍及び残存米アジア艦隊に潰滅的打撃を与えている。九日、シンガポール上陸。十四日には日本軍の落下傘部隊がスマトラのパレンバン油田に奇襲降下。十五日にはシンガポール要塞陥落。十九日にバリ島へ陸海軍部隊上陸敢行。又、これ等の戦果に付随するそれぞれの海戦も、ことごとく日本軍の大勝利であった。

暗雲未だ遠く、この頃が大日本帝国の悪夢の頂点であった。

しかし、船中の兵隊達は不平たらたらであった。

どうにも気に喰わないのは、バタビヤへ向う十六軍の主力が、護衛を合せて船団六十数隻であると云うのに、この東海林部隊はたった三隻ぽっきりで、敵の喉元へ喰い付けと云うのだから、てんで、お話にならない。

この小船団が途中でポカポカとやられ、その隙に主力部隊がスーッと上陸すると云う作戦で、光栄ある全滅部隊であるかも知れん、こん畜生、と同じ事をぶつぶつ云い合っていると、無電が来た。

「敵潜水艦出没せり、全速退避せよ。」

二月二十六日の事である。

×

船はグンと抵抗を感じる程、急旋回を始めた。

爆雷二発を打込まれた。僚船二隻も続いて旋回。それから約二昼夜であったと思う。元来た海路をジグザグで後退である。爆雷をボカンボカンと海へ投込み乍ら、艦載の連隊砲、大隊砲を甲板に並べて、砲の尻をぐんと持上げ、砲口を海面へ向放した。

香港を出る時、張文菊にもらった例の貴重品を、この時想い出した。

「文菊や兄貴は、どうしているかな。」

と思い乍ら階段を馳け下り、船艙のトランクからチューブと空気入れを抱え出し、ポンポンにふくらますと、思ったより大きいのに手を焼いた。

部屋の連中に見つかりそうだからである。

枕にしている様な恰好で、紐を胴体に巻き付け、

「これで、やられても最後迄生きられる。」

自分に云いきかせ乍ら、何んとか、かんとか落着こうとあせった。

後退するのはいやなものだ。

ジグザグに海面に航跡を残して、元来た道を逃げるのは絶叫したくなる程口惜しいものであった。

警備兵達は甲板へぐるりと並んで、眼を皿の様にして海面を睨んでいる。黒潮の海原が、悪魔の腹ののたうちの様に感じられた。

漸く三日目の夕方だったと思う。

「主力船団護衛の巡洋艦が急行、敵潜を発見撃破成功せり。」

との情報が這入り、今度はゆっくりと大旋回をして最初の前進コースをたどる事が出来た。

やれやれ、と深呼吸をしていると、

「トアン、トリマカシー。」

と大木曹長が肩をたたく。

「トアン、ハムサッカイ（助平）ナシゴレ（焼飯）好々でなあ。」

嬉しまぎれに踊り乍ら、わけの判らん事を云って船艙へ下りた。

×

この退避後退のため、最初の予定であった上陸日の二月二十六日は不可能となり、主力は遅るるも二十八日夜十一時、パンタン湾内に投錨、我々東海林部隊も三十一日午前零時には、第一回上陸敢行の予定を立てた。

数えて見ると、三月一日は十四夜の月明の夜である。願わくば曇れかし、鰐の居ない海岸へ上陸して呉れます様に。本気になって、子供の時分から信じていた生れ故郷の『地の神さま』に手を合せた。

×

スコールがやって来た。凄い。海だか空だか判らなくなった。裸になって石鹸を体中に塗ったくり、甲板に出てひっくり返る。俺は今どこに居るのだ。海中か天空か、沛然と滝の様な雨にたたかれながら、「俺あ死にたくないぞ、鰐に喰われるなんて、真平御免だあ。」この俺の雄叫びを、軍歌を歌い出したと感違いして、甲板の連中がみんなして歌い出した。「勝ってえ来るぞと、勇ましくー、誓って国を出たからにゃー。」真っ裸でひっくり返り、黒いものをおっぴろげ、いや全く実に見事なたましいだ。

×

赤道を越えた。

戦争でない航海の時は、ドラを鳴らしてドンチャカ騒ぎをやるのだそうだが、我々はそうはいかん。

烏賊の煮付と、豆の御馳走で夕飯を喰った。

赤道と云うものは、海の上に約三百米の幅で赤潮が流れているのだ、とデマを飛ばしたら、本気にした愉快なのがいる。坂本一等兵である。

この坂本君、昨日の夜、車座になってお国自慢を始めた仲間の一人である。竹内上等兵が、

「俺んち親父は、お前等の真似の出来ねえ仕事をして居る。」

「何んだ。」

と云ったら、

「大膳部ってなあ、天皇陛下（ここで気を付けの姿勢をして）の御食事を作る役目だ。」

と鼻をうごめかし、

「これには敵うもんはねえだろう。」

と云って、あたりを見廻した処、

「一寸待て、俺んち親父はよう、日本一高い処で商売してらあ、当てて見ろい。」

と云う。

「何んだ何んだ。」

さんざんきもをいらした揚句、

「そんなら教えてやろう。」

と胸を張って、

「富士山のてっぺんで銀明水を売ってるのは、俺んち親父だ。」

これには一同恐れ入った。

「今度満期したらよう、俺が山登りするんで銀明水を大盛りにしてくれよなあ。」

大笑いして、この日のお国自慢は目出度く、銀明水に軍配が上った。

×

准士官以上には、朝、洗面器に一杯ずつ水が許可された。その使い古した水を醤油樽に溜込んで、四日目に一杯になった。

いよいよ今夜、その水を使って、香港以来の撮影フィルムを現像して見ようと思う。

灯りが一つもないので、その点は安全だが、南十字の煌く星の光は思ったより明るく、甲板で現像をしていると、感光しやあしないかと心配された。

汗を流し乍ら体を折り曲げ、星の光を遮蔽して、漸く十八本のブロニーフィルムの現像を終えた。

潮風で干し乍ら、フィルムを眺め透しつつ、香港の戦跡や文菊の家でのスナップなど、遠い昔の事の様に懐しかった。

蝋燭病に恐れをなしてか、ルーデサックが一人当り十個ずつ下給された。兵隊も将校も、さすがに二つか三つは、

「護身用だでのう。」

と云って、物入れや、千人針の腹巻きに包んだ様だが、その大半は海へ投げたり、船室の紙屑入れに突込んでしまった。

そのゴムを一生懸命収集した。約百個ぐらい羊羹のボール箱に入れて枕元に持ってきて、現像済みと未撮影のフィルムを、一日がかりで一本一本丁寧に包んだ。撮影済みのものは、特に厳重に三重のゴムで巻込んでおいた。

こうしておけば、上陸の際にフィルムが水浸しになろうが、俺の体が南海の渦潮に相果てようとも、撮影済みフィルムだけは、安全に歴史に残るのだ、と一人で名案に感激してし

まった。

この悲壮なる決意を以って、船中の紙屑入れからゴムを集めた俺に、光栄ある仇名が命名された。

『ゴム・サヤ・トワン』である。ゴムの私は旦那さん、と云う事になる。名付けの親は、どうやら好漢大木曹長の様だ。

×

頭がだんだん南方ぼけになりつつあった。

将校、下士官、兵を問わず、夜中にうなされる連中が多くなった。

香港の戦闘の時の事を、正確に陣中日誌を読む様に朗読する下士官もあった。

「敵だ敵だ。」

と叫んで、飛び起きる兵隊もあった。

「自分は兵三名を連れて、ジャディネス要塞へ突撃します。」

と叫んだのは、二番船艙の山本伍長である。

夜中の十二時前後に、きまって、

「蛇だあ蛇だあ、海蛇だあ。」

と云って、泣き出すのは経理室の斎藤曹長であった。

香港を出てから、丸々二十五日、口には出さないが恐怖に怯えている。栄養不良で心身が異常になって来たのだ。

海と空と、それに水平線だけ。頭がクラクラする暑さだ。

船尾の渦潮を覗いていたら、忘れていたビールの事を想い出した。

思考も力ほとんど昼間は駄目になった。

往復びんたを甘んじて喰う決心で、馬糧の生人参を掻っ払って、ガリガリ喰っている兵隊がある。それでも夕方になると、少しは頭が生きて来た。

短い夜を待ち焦れて、上甲板へ這い出す。

手の届きそうな銀河が傾いている。さながら砂をばら撒いた様だ。一人で甲板に胡坐をかいて、夜の海原を血走った眼で睨んでいる。

あたりに兵隊の居ないのを見澄してから、ビールをコップにドクドクと音を立てて注いでいる恰好をして見た。コップを高く上げてグーッと呑んでいる様な恰好もして見る。

「うまい。」

と思わず大声を上げる。

「ああ、俺は気が変になったのだな。」

「そうだそうだ。」

自問自答したりして居ると、何が何んだか判らなくなって、泣き出したりする。

×

「ジャワへ乗込んだら、鰐皮の満期鞄一挺と、かあちゃんのハンドバッグを一挺、掻っちゃくらにゃあならんぞ。」

と眼を細くして笑う八木軍曹も、とうとう今朝から飯も喰わず、体中火の出る様な発熱だ。

「ジャワの次は濠州征伐だ。その次はアメリカ本土だ。そうしたら俺あ一線部隊を志願する。テンプルちゃんを一番乗りして見せる。」

いつのごた会にも、座長格でこんな事を云っていた高野曹長も、口をあんぐり開けて死んだ様に寝てしまった。

「鮪のとろで一杯やりてえ。」

「海老天の手打を喰いてえ。」

喰うものの話も、もう底をついた。

助平話や初恋物語も、上陸が近づくと惧れの動揺が激しくてんでの心に覆いかぶさり、面白くなくなって来た。

敵の潜水艦や飛行機来襲の情報が、デマを交えて幾度か繰返されたが、もう大して驚かなくなった。

ジグザグ航行も、慣れっこになって来た。

処が、二十八日の午前八時、三機の敵機が現われた。午後十一時には、五、六機が編隊で爆弾をボカンボカン付近の海へ投込み、一弾は本船諏訪丸の舷側四十米の処へ落下、その爆風で体が投出された。

これがきっかけで、全員慌しく武装、救命胴衣に首を突込み、奥歯を噛みしめて立上った。

敵機を追って、高射砲がドカンドカンと撃ち出された。僚船からは煙火の様に曳光弾が空を彩った。

友軍の撃ち出す砲弾の炸裂破片が、ばらばらと上甲板へ降りかかった。

「全員船艙へ這入れ這入れ。」

と中条副官が、怒鳴り廻っていた。

二十九日の深夜、はるかなる前方のチェリモン上陸の気配を、敵に与えておいて、直角に船首を右旋回、一路地図にも載っていない閑村の岸辺、インドラマアユ郡エレタンへ奇襲上陸をすべく泊地進入。

皎々たる月明の夜であった。空はかすかに黒ずんで、帯の様に陸地が見えるあたりで投錨。大発舟艇は既に下され、第一回上陸部隊は乗船を開始した。

編成記録を抱えて、大木曹長が飛んで来た。

「副官殿が、貴官は何番舟艇へ乗るか聞いてくる様に、と云われました。」

と殺気立った眼をすえて、きりっとした停止敬礼で云うので、急に膝小僧ががくがくした。

そこで足を踏み鳴らし乍ら、

「どれでもいい。都合のいいのでいい。」

「こればかりは、貴官の指示をもらいたい。」

いよいよ絶体絶命である。

「大木曹長は何番だ。」

「三番です。」

「じゃ、俺も三番だ。」

これで上陸の運命が決った。

×

口が乾いてたまらない。落着こうとあせった。

船尾に出て見ると、昼をあざむく月の光だった。

香港の泥棒市で買った十段伸しのポケット三脚を出して、アグファカメラを取付け、僚船のシルエットと月明の海を、一秒のシャッターで切った。

砲弾の破片がガンガン音を立てて落下して来たので、首をひっ込めて逃げ出し、下船順位の整列の中に加わると、間もなく陸上から、第一回発進部隊上陸成功の信号が見えた。

喜びを包み切れない張りのある中条副官の、

「第三番乗船！」

の号令に、

「おう。」

と答えて、吊縄を下って舷側を辷り下りた。

上陸地点迄は、二、三十分かかっただろうか。大発舟艇の船首から、思い切って海へ飛込むと、ドボンとばかり胸迄海水に沈み、そのまま尻餅をついてしまった。

「まいった！」

と思ったが、海水の冷たさと、大地へ足を下した味はたまらなかった。

砂浜には杭がなかった。鰐も居なかった。人家や草原もなく、敵兵も居なかった。

「何んたる幸運ぞや。」

嬉しまぎれに、誰彼かまわず肩をこずき廻し、

「おい、ここがジャワだぞ。良かったぞ、もう勝ったみたいや。」

と叫び合い乍ら、沖の本船に向って、懐中電燈をぐるんぐるんと振廻した。

×

砂浜から細い道を探して西進すると、途中に肥料溜の様な小屋があった。懐中電燈で中を

無数の上陸用舟艇は、敵の猛攻をかいくぐり、勇躍、上陸を開始する。

覗いて見ると、一人の男がうずくまって、一生懸命笑いを作って、ぺこぺこ頭を下げていた。

「出てこい。」

と合図をすると、ぶるぶる震え乍ら出て来た。

これを担げ、と手真似で合図をして、ぐしゃ濡れになった写真機械の包みを投出すと、それを担いで歩き出した。

「トリマカシー。」

と一発やると、このおやじ、後を振向いて何やら云った。初めて人間の様な顔を見せてくれた。

彼が、日本軍が対面した最初のインドネシア・トアン殿である。

×

上陸地点から二キロ、ネムネムの木が両側に三米位の高さに生えて、道幅は四米位、この道路の周辺に部隊は集結した。

一、二、三回の上陸部隊は現地の自動車を徴発して、直に先遣隊はカリジャチィ飛行場攻撃に向う予定であったが、自動車どころか、京都の祭の御所車みたいな牛車が一台見つかっただけ。部落と云ってもアンペラ作りの掘立小屋が五、六軒。

船からトラックが下される迄は、行動不能に陥った。兵員の上陸完了は、恐らく朝の九時頃迄かかるだろう。車輌を急げ、とせきたてている。真黒い雲が、地べたを這う様にやって来たかと思うと、間髪を入れずもの凄いスコールが降り出した。

漸く八時、

「頑張れよー。」「頼むぞー。」

雨中を声援に送られて、若松挺身隊は出発した。

その頃、スコールの切間の低い雲の間から、ブルンブルンと云う爆音を耳にした。

空を見上げて居ると、エンジンを止めたハリケーン五機が一直線に急降下。

グァン！　爆音を発して機銃掃射を浴せかけた。

一旦、頭の上を通り過ぎると、一旋回、帰りは上陸地点の海岸へボタボタあわてて爆弾を落す。

二十分ばかりすると、またやって来た。

遠くで途切れ途切れの爆音がすると、

「今度はどの木に隠れ様か、あっちに飛ぼうか、こっちへ逃げ様か。」

と見当をつけている間もなく、またグァングァンと機銃掃射だ。

「それ来た、右だ。それ来た、てっぺんだ。こん畜生、当るもんか。」

じっとして黙って居たのでは、恐くてならない。

大声を上げて飛廻るのだ。

この付近一帯は、周囲三十センチがせいぜいの幹の細い木しか生えて居ないので、頭と胸を幹に押当てて、ぐるぐる幹を中心にして廻り出すのだ。

この調子で、午後二時四十分迄に十七回、延九十二機迄は数えていたが、その後は頭がどうにかなってしまって判らなくなった。

げっそりと、眼が凹んだ。

しかし、兵隊は恐さを知らない。

ハリケーンの音がすると、道に立ちふさがった。

急降下して来ると、真ん中に立ったまま、小銃をポンポン撃っている。

中村富三郎中尉が、

「思い切って前を射て！」

と叫んでいる。

軽機班の連中は、一人が敵機の飛出して来る方向へ尻を向け、大胡坐をかいて、その肩の上に銃座を安定し、射手はその兵隊の前に伏せをして、鬼の様な眼をかっとひんむいて、射ち続けている。

敵機の搭乗員の白い大きなつらが、笑って通る。

高度は七十米、木立の葉がバランバランと捲上って飛散った。

道路は穴だらけになった。ピュンピュンピュン、と煙を上げ乍ら銃弾が走った。

大西特派員が、乗船以来、船の中に員数外の鉄帽が無いので口惜しがっていたが、

「戦死者の使っていた鉄帽が出て来たので、拾って来た。」

と一生懸命に紐を顎にひっかけ乍ら、

「特派員で、こんな凄い目に会うなあ、俺が初めてだ。東海林部隊へ行くと云ったら、台湾の軍司令部の奴等あ、命知らずだ、とこきやがった。」

と話出す。

そこへ、またドカンと来た。

いっぺん尻餅をつくと、横っ飛びに跳上がり二人で固ってネムネムの木に噛り付いた。尻餅をついた水溜りを真ん中にして、一尺間隔でシュッシュッシュッ、と一条の水煙がぼっ立って、魔物の様に銃撃が空間を截った。しびれる様な風圧が背筋を走った。

並木の向うで、

「やられた！」

と云う声が聞こえたと思うと、また次の編隊がグァングァン頭の上を掻き廻して行った。

×

大西君は、

「ここで死んでしまっては犬死だ、トラックと一緒に前進する。」

と云う。

心細いと思ったが、

「元気で行けよー。」

と木の陰で手を振った。

これで大西君とも逢えなくなった。

たった一人の東海林部隊の従軍記者は、貴重な体験を秘めたまま、間もなく戦死したのだ。

午後三時頃、ふらふらになって木の根元にかがんでいると、小銃弾で撃ち落されたハリケーンの搭乗員が四人、両手を高く挙げ乍ら連れて行かれた。

どの木の根元も、ぐるぐる廻りをした靴の足跡で掘り下げられ、円陣の様な溝が出来てしまった。

爆撃の間の、十分か十五分の間を縫って、戦死体や負傷兵がぞろぞろと後送されて行った。

道路に走り出て、

「屍体は誰だあ、負傷はどうだあ。」

と、大声で怒鳴った。

その返事が聞けん内に、次の爆撃がやって来て、又ばたばたとなぎ倒した。

戦死体の担架の担い棒につかまって、両眼と腹をやられた重傷者が、部隊長の前を通って行った。

担架の兵が、

「隊長殿に敬礼、頭左！」

と号令を掛けると、目の見えない兵隊が、飛んでもない方向の、私の方を向いて、挙手の礼をした。眼から、顔から、腹のあたり迄真赤な鮮血だ。

これ程執拗な敵の反復爆撃に終日さらされているのに、友軍の飛行機はたった一回だけ、それも一機下駄履きが飛んで来ただけだ。

輸送船から、これも下駄履き二機がやっと砂地へ陸上げされたと思ったら、その一機は銃撃に火を吹いて派手な黒煙を上げて、今燃えている。

×

十日にも、ひと月にも感じられた長い三月一日、上陸第一日が漸く暮れ様としている。

俺は気絶してしまったのだ。

わいわい周囲で騒いでいる声に気がつくと、体は顛覆寸前のトラックの上から宙吊りになっているではないか。

体中がずきずき痛い。腰のまわりが締めつけられる様だ。軍刀がトラックにはまり込んでいるらしく離れずに居たのだ。

考えて見ると、暗くなるのを待って、上陸地点を出発。ライト無しで全速力で突走って居る途中、幾度か爆撃に会い、トラックが屍体を除けそこねて踏潰し、そのままスリップして橋の欄干にぶつかってしまったのだ。

全員が車から放り出され、顔や頭がぐしゃぐしゃになった戦友が、そこら一面に唸っている。

このトラックには、大型ドラム罐が満タンクで八本、横に並べて積んであったが、その上に俺達十二人が、かがみ込んで乗って来たのだ。

車上の一番後に乗って居た自分は、掴るものが無いので、ドラム罐の隙へ軍刀を突込み、それに体ごとしがみついていたのだが、激突と同時に自動車が浮き上って、全部のドラム罐の重みが私の軍刀を締めつけて抜かせなかったのだ。ドラム罐と自分だけが車の上に残っていたわけが判った。

このひん曲った軍刀は、今でもそのまま大切に持っている。時々取出しては、生死の境、運命の起伏を、悪夢の様に想い出す。

×

雨季には珍しい快晴の空であった。

カンナの花が、燃える様に咲いていていた。鮮血の様に真赤な花だ。

防空壕が有った。そこを通り抜けると、大きな池が有った。水の底に、鰐が三匹並んでいた。諏訪丸船上以来、待望の鰐である。丸太の様な太い腹を水底にはりつけて死んでいる様におとなしかった。

その時、近くで戦車の響が聞えて来た。急速度にその音は大きく、数多く聞えて来た。

「いよいよ戦車も陸揚げされたか。」

と力強い思いでひょいと振返って見ると、何んと敵戦車である。向うの道路の角迄に約十二、三輛。更に後からどんどん続いて出て来るではないか。

先頭の奴は天蓋を開いて、三角の青い旗を振り振り既に眼前三十米、白人である。

ここ連隊本部前には、和田隊、望月小隊の連隊砲が二つか三つ坐っていたが、

「敵襲！」

の声と同時に、一瞬にしてさながら戦争映画の様な修羅場が展開した。

目の前で二、三人の日本兵がぶっ斃れた。

目標ゼロ米、尻を持上げ平射にして、速射砲をボンボン撃ちまくり、来る奴来る奴たち処に穴を開けてしまった。

あんまり距離が近過ぎて、弾が戦車を貫通して、遥か後方でドカンと破裂したりした。

一台の戦車は、連隊砲座へのし上げて来た。これを見た細川一等兵と森下一等兵が午旁剣をひん抜いて戦車の上へ躍上り、搭乗員を天蓋から刺し殺そうとしたが、文字通り壮烈な戦死。

砲と一緒に、三番砲手塚本兵長、四番砲手渡井兵長は、戦車の下敷き。望月繁小隊長始め分隊長に至るまで全砲手が刎ね飛ばされてしまった。

和田敏道大尉が、

「戦車をひっくり返すのだ。人手が足りない、早く来い。」

と大声挙げて叫んでいる。

「よし来た。」

連隊本部の加藤和一准尉が飛んで行く。

「柳田、鉄帽も被らず何んたる事だ！」

鈴木主計が鉄兜をひん投げて寄越した。

敵軽戦車合計二十輛を完全に全滅させた。戦車搭乗員捕虜、ヤンセン中尉以下約三十名。

時に十二時三十分、一時間半の戦闘であった。

×

先遣した若松挺身隊は、遮二無二カリジャチィ飛行場へ駿足の前進、敵の装甲車、戦車を分捕り、大急ぎで日の丸を書込み、即座に機動部隊を編成するなど、敵も味方も唖然とする大手柄であった。

爆撃から帰って来た蘭軍の飛行機が、燃料弾薬の補給に飛行場に着陸しようとすると、変な恰好の兵隊がいる。それが日本軍の兵隊であった。

これで、遠藤飛行団の足がかりが出来た。あしたから友軍の飛行機の姿を見る事が出来るであろう。

夜の九時、飛報が這入った。

カリジャチィ飛行場奪還のため、チバツ地区から装甲車と戦車百八十台が、兵員を満載して一列縦隊で行進中とのこと。確実なる情報である、行進速度から、この本部の位置には十二時から明朝二時頃迄に来る事になるのであろう。

直ちに戦闘態勢に這入った。

「運命だと思ってあきらめて呉れ。お前はここの窓を二つ受持つ事。軍旗のそばで死ねるのを本懐と思ってくれ。」

東海林部隊長の私への命令である。

もどかしく時が流れた。

ひん曲った軍刀をやっとこさ鞘から引抜き、窓辺に上向きに体を伸して胸の上に抜身を抱え、息を殺してじっとしていた。

下着が汗と脂に汚れ、血だらけの衣袴を裂かれて居た屍体の事をふっと考えた。妙に気になり出したので、大苦労して音のしない様に、上向きの姿勢のまんま、やっとの思いで下衣

を着換える事に成功した。長靴に足を突込むと、

「これでいい。」

と思った。

妻や、子供や、親しい人の顔が明滅した。

×

一時五十分、思わず飛上る様な快報が来た。カリジャチィ飛行場を基地とした我が飛行隊が、敵の逆襲部隊を反復徹底的に爆砕中である、と云うのだ。

真夜中に急に靴を踏み鳴らして大騒ぎになった。

梅田軍曹が叫んでいる。

「おーい蝋燭を点けよ。何か喰うものは無いか。」

×

朝は六時に明ける。夜は正確に六時には走って来る。赤道の直下では黎明と夕暮が無かった。ぽかんと明るくなって、がくんと夜が来た。

つい数時間前、車ですれ違い乍ら、

「わりゃ元気で居たか。」

と互いの無事を喜び合ったばかりの、隣町内の若松部隊の副官、伏見正三郎中尉が、生きたまんまの顔で、担架で運ばれて来た。

レンバン峠でやられたのだ。頭に一発這入っている。東大出のインテリで、晴れ晴れした笑いを浮べて、まだ体は温もっていたけれど駄目だった。

鰐の居た池のほとりで、木蔭に隠れて煙を出さない様に葬った。

その火葬の火で飯盒の飯を炊いた。

×

この部隊は見事な精兵であった。

如何なる国の如何なる連隊でも、真似の出来ない伝統の誇りに燃え、退転の出来ない部隊であった。

正確に云うと、この頃東海林部隊長は、

「五日以来、バンドン要塞に突入すべく、既に一線は準備完了。」

と軍司令官に打電してあった。二千の寡兵をひっさげて、蘭、米、英、濠連合軍五万と対決を決意、既に一部の先遣中隊は行動を開始していたのだ。

司令部では、色を失って驚いた。

軍司令官からの返電の要旨は、次の様である。

「攻撃予定を変更した。第二師団をして三月八日迄に、東海林部隊の正面へ転向させる。予自らの統一指揮により、バンドン要塞に進撃する事とする。東海林支隊はそれ迄山頂要処を確保し、軍主力の集結展開を掩護せよ。」

更につけ加えて、

「支隊単独で要塞内部へ突入決行はいかん。」

と云うのである。

この少数部隊で、大軍の懐に飛込む事は、まるで全滅されに行く様なものと考えての事かも知れないが、火線に身を曝している我々には、そうはとれなかった。

聞けば、軍主力は上陸時に、敵艦の攻撃を受けて四隻の主力船を失い、武器弾薬もことごとく海中に没したとの事であった。

それに、香港以来の将兵の鬱憤も有ったかも知れん。大軍をここ迄追いつめて、何で上陸以来戦闘らしい戦闘の一つも出来なかった『その他の部隊』に花を持たせ、御到着を待っている様な、もどかしい事が出来ようか、このままじっとしていたら、包囲されてそれこそ全滅の運命は火を見るより明らかだと思っていた。

×

かくて敵の頼みのレンバン峠が陥ち、激闘苦闘を繰返しつつ、敵の要塞に匕口を突きつけた。

七日の夜十二時、江頭隊の前方へワルテルという参謀大尉が、敵陸軍長官の使者として白旗を掲げて現れた。

彼は酒を呑んでいた。そして泣いていた。

「歩いて、泣いて、這入って来ました。」

これが蘭印無条件降伏の最初の一齣であった。

歩いた事の無い彼等が、自分で破壊した道路に悩み、自動車を捨てて十キロ、降伏に来た心情も判るし、泣いて来るのももっともだと思った。

「お前じゃ話が判らん、もっと偉いのを寄越せ。」

と云うわけで、翌八日、カリジャチィ飛行場で、歴史的な、全蘭印降伏の調印となったのであった。

想えば三百有余年、オランダの桎梏からインドネシアが解放された、歴史の決定的瞬間であった。

この戦果の快速記録は、東海林部隊の二箇大隊、手兵僅かに二千三百八十人の手によって成されたと云っても過言ではない。この事実は、興亡、時代を越えて、世界の戦史に燦然たる光芒を放つものであろう。

明けて九日、戦友の遺骨を抱えて、降りしきる雨と滂沱たる涙に濡れて首都バンドンへ感激の入城となった。翌十日、バンドンの町には眼に痛い様な日の丸の旗が燃えた。

想えばその昔、日露会戦の総本山、奉天陥落の、その大捷の記念すべき日でもあった。

ジャゴンの花の咲く時、インドネシア建国の跫音を秘めて、ほのぼのと黎明を迎えた。

蘭軍のために、スマトラ獄舎に投じられていたインドネシア独立の悲願の志士、一軍曹を解放し、激励して民政を託する運びとなる。

その一軍曹こそ後のインドネシア共和国大統領、スカルノその人であった。

×

この東海林部隊とは別のコースを歩んだ軍主力の大船団は、二月二十八日、予定の通りパンタン湾内に這入って行った。

第一回上陸は、我々と同じ三月一日の零時半。この上陸の際に、敵艦砲と魚雷の攻撃を受け、港内で四隻の船を失った。

今村司令官も四十度に傾いた甲板から投出され、参謀、副官、報道班員ことごとくが海を泳いだ。

重油が一面にひろがった海面で、どれが将軍やら兵隊やら判らぬ黒ん坊の様な姿になって、漸く陸にたどり着くと云う悲運の上陸第一歩であった。

将軍も丸腰になった。四百名が海を泳いだ。百名の兵と、武器、弾薬、被服のほとんどを

シンガポールのブキテマ山頂で、遥かに祖国の安泰を祈るガ島への先進部隊。

失い惨憺たる有様であった。

何より当面の困難は、一切の無電機、車輌を海中に没し、報道班員もカメラはおろか万年筆一本すらない、と云う姿であった。

こんな訳で、ジャワ作戦当初の写真や報道には、一つとして生々しいものが残されていないのだ。

濠州の新聞が、やや正確に報道した以外、東海林部隊に関してはまるっきり、その戦史が伝えられていない。

×

三月八日、午後二時、東海林部隊長は、蘭印総督チャルダ・ファン・スタルケンボルグ、陸軍長官ポールテン、バンドン地区司令官ヘスマン、その他幕僚などをカリジャチィ飛行場の一室に集め、今村軍司令官の到着を待った。

予定より遅れて、午後四時に一行は到着した。

「自分は、日本帝国蘭印方面攻略軍最高指揮官、今村中将である。先ず貴官の権限を尋ねたい。」

この言葉から始まった。

当日の会見記は次の通りである。

総督「わたくしは統帥権を持ちませぬ。」

今村「そんな馬鹿な事はない筈だ。総督には文武の大権があると思うがどうか。」

総督「せんだってから英軍の指揮下になって、まだごたごたしているからはっきりしておりませぬ。」

今村「しからば陸軍長官、貴官には統帥権があるだろう。」

ポールテン「わたくしにもジャワ全島の統帥権はありませぬ。」

今村「総督、それで無条件降伏するのか。」

総督「いいえ、その意志は持ちませぬ。」

今村「しからば、何の目的でここに来たのだ。」

総督「あなたの部下（東海林部隊長のこと）が来いと云われたから、招待されて来ただけです。」

今村「ここへ一体何をしようとして来たのか。」

総督「これからのジャワの民政について、御相談したいと思うのです。」
ヘスマン「バンドン地区だけは、どうか降伏させて下さい。」
今村「バンドン如きは、作戦には殆ど取るに足らぬ小地区だ。われわれは、蘭印軍が全面降伏か否か、それだけを聞いているのだ。無条件降伏か、然らずんば攻撃続行の一途あるのみ。見給え、この飛行場の飛行機は爆弾を積んで、すぐにでも出発の出来る態勢でいる。もし拒むなら、日本の歩哨線迄は安全を保証するから、すぐバンドンへ帰って貰う。歩哨線を一歩でも離れたら、我々の爆撃機は直ちに攻撃を開始するだろう。十分間考慮の時間を与える。」
　そうして、十分後に更に続行。
今村「貴官は民政の相談云々と云うが、われわれはここで政事上の相談ではなく、軍事上のきまりをつけるのだ。」
ポールテン「日本軍の敵でない事は、よく判っています。」
総督「私も女王殿下に対して、許可を得る準備はあります。しかし、軍事的な話の席には、もう用事はない様ですから。」
　と退場を願い出た。

背広服をきちんと着た偉丈夫の総督は、落着いて記者団がひしめき合う中を悠然と去って行った。

この様にして、今村軍司令官とポールテン陸軍長官等との間で、無条件降伏の調印が急テンポに進められた。このカリジャチィ飛行場のあたり、若松部隊戦闘の跡も生々しく、屍臭の風が流れ、落陽慌しく暮れなずんでいた。

×

東海林部隊はバタビヤに転進。ここで感状が授与され、その伝達式がガンピルの広場で行なわれた。

内地からいっぺんに書簡や慰品袋が殺到した。私の留守宅から来た部隊宛ての航空便は、

長い事御世話になりました。今日、留守隊本部の勝又曹長様が見えられ、随分御武運が強い人でしたが、今度はあきらめて下さい。ジャワ敵前上陸に於て、司令部の船と運命を共にされました。追って詳細は報告に来ますと云われました。

と云う書出しで、現地からの詳細の連絡を知りたい、と云う事がくだくだと書いてあった。

とうとう私は戦死してしまった。

中支の戦線で、こう云う事が一回あった。この次三回目は、

漸く、くたばりました

となるかも知れない。呵々大笑した。内地から廻送されて来た香港の張文菊のたどたどしい手紙も読んだ。兄は死んだと書いてあった。

バンドンに一週間、バタビヤに一ケ月半、やがてまた、慌しく海を越えてスマトラへ進駐。香港以来別れ別れの作戦をたどっていた第三大隊と久々に合流。十七年七月二十八日、新鋭初年兵を迎えて部隊は編成換え。やがて、霧深きスマトラの高原を下って名門二三〇連隊は、最期の悲運の航跡をたどって行った。玉砕の運命が待ちかまえているとは露だに知らずー。

昭和十七年九月二十三日、ガダルカナルへ運命の出発をする朝であった。

（１９６２年8月15日発行「静岡連隊写真集」より）

捕虜

立哨三番交代が帰って来た。

「たまらすかい。ドでっかい奴がでんぐり返っているんだもン」

いきなりアンペラ敷きの板の間につっぷせになった。

「何んだと。何がでんぐり返っているんだ」

拳骨で両方の目をこずきこずき

「お月さんがよう」

と云って、竹田一等兵はオイオイ声を挙げて泣き出した。

成程、皎々たる月明だ。

蟲も鳴いている。爆撃の跡の木々の幹に夜露が濡れて、月の光がしがみついている。

だがしかし、焼残った大きな建物の壁を背にして、数百人もの捕虜がひと固りになって、暗い藻草の様に沈んでいた。

ひと固りになって、体をこすり合って、そうでもしていなければ寒くてたまらないのだ。

その沈んでいる藻草の仲間と離れてポツンポツンとしゃがみ込んで居る連中は、てんでに月の出ている方向にひたいをひろげ、尻をひんまくって糞をしている。

東門のあたりで、誰かが尺八を吹いている。壊れかかった壁を這って、デコボコ道を伝って、途切れ途切れに尺八の音が聞こえてくる。曲は、荒城の月から六段に変った。眼をカッと見開いて、髯面に尺八をくわえて、泣き乍ら吹いているのであろう。

遠くで小銃の音が二発鳴ったと思ったら、その後に続いて重機関銃の重々しい連続音が夜を截った。

「ああ、ここは戦場だったな」

と、ふっと思う。さむざむと立上ろうとした。

頬っぺたに冷めたいものが二筋流れている。

「故郷《くに》へ帰りたいなあ」

俺も識らず識らず泣いていたのだ。そう思うと、何が何んだか判らなくなって、いっぺんに溢れる様に涙が出て来た。

またしきり銃声が鳴っている。野犬の遠ぼえが聞こえる。軍馬の啼きも中天に高く上った。

枯草がツンツンと伸びている、古塔の上に、月がひっかかっているのだ。

捕虜のまわりを遠まわりして仮寝の小屋へ帰ろうとすると、一人切り捕虜収容場の隅みっこ

南京光華門の城頭歩哨。激戦地だった為か、毎夜の様に此の付近で火の玉が流れたとの話で有る。

に積上げられている、捕虜の屍体の中で、足をくの字に曲げたり伸したりしている人間がいる。死にかかって来たので、独りでここへ這って来たのかも知れんと思った。

銃剣を光らして立っている歩哨に「通して呉れよ」と頼んで近づいて見る。

「何んだ！」

と思った。

口から泡を吹いている。眼をひきつって体を弓なりにひん曲げて苦しんでいる。ズボンの裂け目から白い肌が見えていた。白い肌が月の光に光っている。

「オイ！」

と、呼んで、肩をつかまえると、やわ

らかい女の肌であった。

顔は真黒い垢だらけだけれど、それは女兵であった。


城壁のあたり風がよどんで動かない。

屍臭の匂いが這う様に流れている。

城壁の上の方には、風が激しく吹いているのだか、鼻の先につる下がっている命の綱が、上の方に時たま舞上る。

そのたんびに、城壁の去年の枯草にひっかかりひっかかりこの綱は、波の様に揺れ動く。

命のつな——このつなはそう呼ばれていた。

よく見ると、垢染みた股引《ももひき》や、泥だらけのズボンをいくつもいくつも結び連ねて長くあやしげに繋がれている。

その綱の先は、城壁のてっぺんの、銃眼のあたりに結びつけられているのだろう。

この城内に、閉じ込められた敵兵や便衣隊が、城外に脱出するために、こうして命のつなを造って逃げ出したのだ。

また、そのつなを伝わって、城門を通れない怪しい奴や、親父弟の安否をきづかって気の毒な住民なども、必死にここにしがみついて、このつなを伝って城内へ潜入して行った事だろう。

今でも、あっちこっちに、幾條ものこうした命のつなが風に吹かれてぶら下がっている。

俺は、こうして、さっきからここでしゃがんで、五時に城門を出て来る事になっている、一団の部隊を待っているのだ。

屍臭がプンプンするわけだ。一つの屍体はすぐ俺の足元に、十尺あまりの長さのつなを両手でつかんだまんま、くづ折れて死んで居た。

脱出の途中か、逃げ込む最中に、このつなが引き千切れて転げ落ちて仕舞ったのだろう。

あたりを見廻すと、それどころではない、丈《たけ》の長い枯草に囲まれたくぼみの中には、七つも八つも屍体が重なっている。

傷病兵が、いたわり合って、ここでひと固りになって死んだのか、或はまた命運はかなく自決した敵兵でもあったろうか。

驚いた事に、俺が近づくと、その屍体の足や頭が動き出したのだ。

「ゾーッ」としたが、おかしいなと近づいて見ると、凄く肥え太った犬共が三つ四つ、饗宴の最中であった。屍肉を喰っているのだ。

一匹の赤黒い大きな奴は、人間の片腕を横喰いにくわえて俺を振返って、立って見ている。

この野犬の群に、絶対敵意を示さない事にした。

今は、満腹で食いついてくる事はないだろうが、こいつ等は吠えたり、うなったりは決してしない。いきなり噛みついて来る事を知っているからだ。


一団の部隊は、正確に五時に城門を出た。

割合元気な足取りの男も居るが、その多くはその運命をみんな知っている様な、重々しい足取りで、バラバラと数珠繋ぎのまま引っぱられて出て行った。

朝からこれで六回目、この運命の行進をして行く部隊は、四人の兵隊が前後になって、静かに城外へと流れる様に吐き出されて行った。

足音も重々しい。

今日で、命の終りになる、捕虜部隊の行進の足音だ。

日本軍の屍体からはぎ取った認識票や財布などを、十も二十も体につる下げて、戦功を誇っていた捕虜もいたし、「早く殺せ、早く殺せ」と眼をひんむいて啖呵を切っている、にくたらしいのも居るには居たが、その多くは、命運寸刻に迫っている事は報らされずにいるもののの、みんな土色の顔をしていたし、眼を明いて歩いていながら、前の人間とぶつっかったり、途中でしゃがみ込んで動けなくなるのも居る。

一人だけ、隊列から離れて、横の方へふらふらと歩き出すのも居た。

この一団、総数三百八十人。隊列の先頭六人目に、かの女兵の姿を見出すことが出来た。

思わず体中が硬ばった。

この四百人に近い捕虜の中で、一時間後の自分たちの運命を知っているのは、かの女兵一人だけなのだ。

夕暮は、江南の空を茜色に染めた。たえがたくわびしい落陽であった。


女兵の名は揚芳春と云った。

漂水城外の生れ、年は二十一。

彼が女である事を、この一団の捕虜の仲間も日本の憲兵や兵隊も、誰もが知らない。

尺八の音と、満月に泣いた、あのわびしい行軍途中の、名も知らない村落での、あの夜以来私はこの女兵を知った。

胆嚢炎《たんのう》であったか、胃けいれんであったか、あの夜の女兵ののたうち廻る苦しみも救ってやった。

二度、三度人にかくれて言葉も交した。

近づいて、突き飛ばす様な格好をしながら、素早く一握りの食糧も渡した。

だがしかし、憲兵や、歩哨の眼をくらまして救い出す事だけは、幾度か計画したけれどとうとう出来なかった。

昨夜、決心をした。

ひそかに彼等の集団の中に這入って行って、この女兵の耳もとで、二度同じ言葉を繰返して帰って来た。

『よく聞けよ、明天《みんてん》五時、お前等は城外へ引っぱり出される。佳頭街の波止場で船に乗れと云われる。桟橋へ並んだ時、もし重機の音が鳴り出したら直ちにひっくり返って河へ飛込め。飛び込んだら桟橋の橋桁につかまって流れるでないぞ。そのままじっとして暗くなるのを待っておれ。誰にもその事を云ってはいかん』

かの女兵は、前後の捕虜とくらべると、心もち背が低い。足の負傷がまだ癒り切れないと見えて、ビッコをひいて歩いている。

行進順序は、前になる程都合がいいと云っておいたが、その真意も伝わったらしい。ひっかたいだ電柱の、垂れ下がった電線に、一匹だけ鳥がとまっている。その黒い鳥は終止符の様に動かないで止っていた。その電柱を右に廻って、この捕虜の一団は、家並の密集している部落の、石畳の道を、ペタペタと跣足で歩いて、郊外の波止場へと急いでいる。

揚子江の激流はさざ波を立てない。油の様にどろんとしたまま、流れの皮膚はあまり激しい動きも見せていない。このあたりは、河幅も広く、河と云うより海そっくりに広がっている。もう対岸は、うすぼんやりと夕暮が来ていて白い壁の家だけが光を集めて残っている。

岸辺から二十米あまり、桟橋が流れの下手《しもて》に浮かんでいた。その桟橋の先に伝馬船が一隻繋がれている。

窓も閉めて、明りも点いていない。その船は、長いともづなを伸ばし切って、集って来る捕虜の列を見つめて、静かに浮かんでいた。

「船に乗って対岸に行く。そこに寝床や食糧や、仕事が用意してある」

と云われたのは嘘でなかったと思った。

我先にと桟橋へたどり着いた。
一歩一歩歩いて行く桟橋の板を、べったりと染めている黒いものが、二時間前の彼等の先輩の流した血で有る事も気がつかなかった様だ。

　桟橋は、ぎっしりと満員になった。

桟橋の先頭に伝馬船が綱をたぐって近づくと思いきや、ともづなは桟橋を離れて矢の様に下流に流された。

　この、静かな、動きの点景を、ハッと思って息を呑む瞬間、柳の影、土壁の蔭にかくれていた六門の重機が、一斉に悪魔の火を吹いた。それは伝説の様に、悲惨な図であった。

　戦場の悲惨には、相当こたえている自分とは思っていたが、流石に足がワナワナふるえ出した。

釦をはづそうとしたが、手が利かなかった。そのままシャーシャーと小便が走り出た。

　半時あまり、あたりはすっかり夜になった。這うように体を低くして、周囲を空にすかして見廻したけれど、さっきの一個小隊の日本兵の引上げた後は、人も犬も、桟橋の上にも、一人の人間の姿も無くなっていた。

ズルズルと足が辷りそうな桟橋を、体をかがめて走り乍ら、漸く突先近くにたどり着き
「揚、揚、揚芳春！」

と叫んで見た。

「揚、揚！駄目だったか！揚！」

べったりと塗りつぶされた闇の中に、答えはなかった。

橋板を靴のかかとで踏みたたき、叫んでも叫んでも声はなかった。

その時、異様なものの気配を、桟橋の板の間に感じ、眼をくすげて見て居ると、
痩せて、節くれ立った小さい手が水面から板の間にヌーッとつき出されていた。

揚子江の、流れの皮膚の下は、矢の様に早い激流であった。

両腕をガッシリとつかまえ一旦桟橋の下手《しもて》に流し、浮上った尻をひっ抱えてやっとこさ、陸のものとした。

無我夢中でこれを担いで一目散につっ走った。

走り乍ら、何度も背中をこずきこずき、声を掛けても見たが答えは無かった。

ぐっしゃりと濡れた体を、ぐったりと自分の背中にへばりつけたまま。

肩から胸へ垂れ下がっている女兵の二本の腕は、つけ根が千切れてでもいるようにうるさ

い程馳け出乍らもブラブラと揺れ動いた。

野犬の群が幾匹も幾匹も後を追って来た。

苦しい生命がけの大仕事だった。

さっきの、命綱のつる下がっている、城壁の所迄漸くたどり着いてほっとして、女兵の体を横に下ろした。

自分もくたくたと、その横にくたばった。

眼はパッチリと開いたままだった。

口から水がドクドクと流れ出てしまうと、どうした事だ、そのまま、体は動かなくなった。

呼んでも、たたいても、抱きかかえても、駄目であった。死んでいたのだ。


私は、戦線で三度《みたび》、声を上げて泣いた事がある。

この出来事の、空しい努力の悲しさを、声を限りに、その三度目《みたびめ》の号泣の時であった。

帰還前後

あらまし。
講演風に、昭和十八年から二十年に至る前線から帰還の途中の激動する出来事の話。
大井川奥へＢ29が特攻機の体当りで落ちて、その搭乗員を捕え名古屋へ送る。
ガダルカナル島に於ける、部隊の玉砕。
名古屋における搭乗員らの処刑。
ガ島の遺骨故郷へ帰る。二千七百柱の慰霊祭。
終戦。
Ｂ29搭乗員三十六名の処理の責を問われて岡田司令官以下十九名、巣鴨拘置所へ
岡田司令官断罪の日。

ただいま、司会の方から、たいへん過大の評価のご紹介をいただきましていたみ入ります。哀れ生い立ちも貧しく、静岡県は焼津の在、大覚寺というお寺みたいな小さい部落の貧農のセガレ、頭も悪く精神衛生も片っきしダメ。兵隊の位で、正真正銘、陸軍歩兵一等兵であります。

それにもかかわらず、昔の、兵隊の位で申すなら、師団長、軍司令官の大官将軍のトップクラス、満堂の皆様を前にして、かくやご挨拶せねばならなくなりました。

どうせ、私を、引っ張り出して、日本の繁栄の行辺、今度の総理は、どなたさんになってもらったらヨカンベエかとか経済、哲学、月の世界の話をさせるつもりでもありますまい。例によって、無智、無鉄砲を売りものにして、戦争の日の一連の帯ドラマ、感動的なお話を、なりたけ感動しないように、非情なツラをして、申し上げたいと思います。

先刻申し上げました通り、私は、兵隊の位は現役一年帰休一等兵でありましたが、カメラマンとしては従軍が久しく、その頃大尉待遇の軍属になっておりました。

私は、軍のカメラマンであった。昭和十七年八月、スマトラ島の高原カバンジャエという町に駐屯していた。その頃所属していた部隊は二三〇連隊といった。

昭和の十五年、南支那、広東付近の警備部隊であった。大東亜戦争がおっ初まり、覆面をぬいで一線戦闘部隊としてはじめて登場、香港の一番乗り。この作戦が終わると休む間もなく長駆ジャワ島へ一番乗り奇襲攻略。わづか一週間で全蘭軍は降伏、世界を驚倒させた、静岡編成の精強部隊であった。

ジャワ攻略の殊勲は上聞に達し、戦闘部隊最高の名誉である感状授与。更にスマトラ島に転じ、ちょうど日本で言うと、軽井沢といったような、高原の、かつてオランダ人の別荘地帯に駐屯と決まった。

四季花は咲き乱れ、物資も豊か。たらふく食ってのんびりとしたひとときであった。

香港、ジャワの大作戦で苦労続きの歴戦の生残りの兵隊たちの顔の色も、めきめき色つやが良くなってきた。日本、朝鮮の連合軍の慰安所のお姫さんも数を増し、増援部隊のネシアのプロンプアン（娘）諸嬢もサービス万点、饅頭屋と汁粉屋と、ヤキトリ屋も近々開店するような噂だ。

経理室では木材やアンペラを集めて兵舎増設をやっているようだ。いいあんばいに、当分ここで駐屯部隊になるらしい。

そう思っているやさき、この高原で、われわれ歩兵部隊が中心になって、歩砲大演習を行うという。このあたりの地形は富士の山麓の演習場によく似ているので、あまり兵隊を遊ばしておいてもタルンでしまうから、適当に気合いを入れておくのだくらいに簡単に考えていたのだが、飛行機も参加、山砲は実弾をぶっ放し、それは猛烈な実戦的演習であった。

その歩砲演習が明日に決まり、その準備打ち合せの幹部会のかえり、関谷大尉と連隊副官の中條大尉がやって来た。

「柳田君、近く部隊の編成換えがあるかも知れんがのう。そしたら貴官も、今度の従軍は相当長くなったし、一度内地の空気を吸ってきたらどうじゃ、と、連隊長とも話していたのだがのう。」という。ぼくはびっくりした。

「スマトラくんだりまで来て、みんなと別れ二十日もひと月もかかって自分だけ帰るなんて、どうせ途中でボカ沈にきまっていますよ。

ありがたくありませんね。」

そんな風に返事をしてその日は別れた。

好天に恵まれ、その日は定期便のスコールも無く歩砲演習は予定の時間に終りました。

戦場には、演習用の音だけで弾の出ない空砲というヤツがありませんから、

「敵三〇〇メートル、射てッ！」

と号令が掛っても、ポチン、ポチンと引鉄《ひきがね》の音がするだけ、さっぱり気合いがかかりません。

いらいらして、引鉄を引くたんびに、口でドンドン、パンパンと、「当ったゾ、命中！」などとかけ声かけたりして半日の猛訓練で終了。

「演習みたいに戦争が、予定通りの時間に終るもんだとエエがなあ。」

兵隊たちがつぶやいておりました。

それでも、兵団長の佐野中将、軍司令官山下奉文大将もやって来て、大きな地図をひろげて陣頭指揮、飛行機も戦車も参加したりして、予想外の大掛りの演習になりました。

真ん中の、小高い摺鉢山の頂上で夕方、講評訓示の終りの頃、私がカメラを下げて山を下りようとすると、軍参謀の親泊《おやどまり》少佐が、

「おい、中條副官、あそこへ行くのが柳田という写真の男か。」

と言う声が聞えました。

私がはっとして振り返えり、顔を上げると、

「ちょっと来い。」

と言う合図。

親泊参謀と言う人は、たいへん頭のいい立派な人だとは聞いていましたが、名前もいかついし、顔も赤ら顔でずんぐり、もの言いも悪く、軍参謀なんて言うと、直接われわれの立場には関係も少ないので親しんでいない人でしたので、対面するのはこれが初めて。

いきなり、短い太い人差指をつき出して
「おい、お前、内地へ帰らんか。」

と言う。

軍の幹部や、司令官は、離れた場所に円陣をつくって雑談をしていて気がつかなかったようでしたが、自分の関係部隊の将校のあまた居るド真ん中で、このぶっきらぼうなものの言い方には、さすがに私も憤然としました。

前後の見境いもなく、早口で、顔を真っ赤にして、

「ソ満国境から初まって中支戦線へ、随分長い従軍生活だが、満座の中で、お前帰れ、と言われたのは初めて、畜生!と思った。

何をとがめられるのかは知りませんが、今日は返事が出来ません。」

と答え、敬礼をしてトットと山を下って宿舎に帰りました。

その夜、どうにもくやしくてたまらず、兄弟のように仲の良かった木村軍医少佐の部屋へ、ブランデーを一杯ひっかけた勢いで這入って行き、今日の、山の上での一部始終を話したところ、木村さんも頭をかしげ、

「女屋で（飲食店やピー屋のこと）何かまづい事があったわけでもなさそうだし、その外に何か思い当ることぁないかなあ。」

とつぶやいていましたが、

「明日の朝、様子を聞いて来てやる。」

と言う事になって、その明日を迎えたのでした。

その結果、

「別に他意はなさそう。長くなったからあいつ可哀想だと思ったまでだ。

それに、あいつに適当な留守隊への連絡の要務もあると、中條副官の方から話があったから、いっぺん帰してやろうと思っただけだゾ。おかしなヤツだ。二十日もかかって船で帰れったって着くかどうか判るもんか、と怒ったそうだが、飛行機を手配してやってもいい。中條とよく連絡しろと言ってくれ。」

と言う大要であったのでした。

こりゃたまらん、はるかなる長い長い海の果て、香港からジャワまでわれわれは、潜水艦や敵機におどかされながら二十九日もかかったのですよ。それを、スマトラ島から軍用機で内地へすっ飛んで帰れる。食いかけたトウモロコシをすっとばし、目の色を変えて中條副官のところへとんで行きました。

「親泊参謀殿に謝ってください。部隊の公務連絡は何んですか。」

と、平身低頭。

かくて、あわただしく内地帰還の旅装をととのえる事になって大さわぎ、徹夜。上陸以来のヒゲもすった。

中條副官の言う、留守隊への公務連絡の要務というのは、わざわざ私のために作り上げたような、どうでもいいような、おかしな命令でした。

「速かに連隊全員の写真を撮って帰れ。静岡へ着いたらその写真を留守隊と連隊区司令部の指示を受けて、展示会をやってやれ。

上陸以来連戦連勝、勇士の顔を留守宅の家族もさぞ見たかろう。」

と言う。わたくしは判断したり、深く考えているような余裕はもうありませんでした。

その日の午後から下士官一人、兵二人の助手を借りて、各中銃隊の総員を片っ端から竝べてシャッターを切る事になったのでしたが、半日で総数の半分二千人を一気に片づけ、二日目には、ここから百キロも離れているタルトン地区派遣員、その他の各駐、分隊、勤務地に至るまで馳けめぐり撮影完了、わづかに入院病者数名と、公務派遣中の勝又中尉一人を残す外、全員撮影完了。

本部の書記の、大木曹長、小塩軍曹らが、徹夜で作ってくれたという帰還関係書類、公用梱包を受取り、その翌日、部隊幹部将兵、ちょっと離れた道の両側には使っていた中国人やインドネシアの苦力たち、顔馴染の食堂の女たち、慰安所のＰ（慰安婦）さんらが送ってくれました。

連隊本部から大通りへ通ずる道路の両側にそれらの人が立竝び、私は左右に敬礼しながら軍司令官の査閲の時のような格好をして、胸はわくわく、まことにいい気持でした。

中條、関谷、木村さんは一塊になっていましたので、目をまん丸にして注目の挨拶をすると、三人ともアゴをコクン、コクンと動かして答礼をしてくれました。

私どもの部隊では、十数人の広東から連れて来た中国人の苦力を使っておりましたが、苦力の名前を石松、三五郎、五郎、太郎、富士男などと呼んでいました。

苦力頭の次郎長が一番列の終りの方に立っていて、私が前へ来ると、いきなりワニ口をひっぴろげ、これをくれるでもっていけとワァワァ泣き出したにはまいった。

かくて単身、私はメダンの飛行場へ出発しました。

霧が深かった。スマトラの高原、静かなカバンジャエと呼ぶこの付近の車輛の集積、ドラム罐の陸上げの数のおびただしさ。何やら後で考えて見ますと風雲の急を感じましたが、末端の戦闘部隊、情報の判断も遅々、今だ戦線の暗雲は遠く。昭和十七年の秋でした。

スマトラ、メダン飛行場からその日の内に昭南へ着いた。すぐ内地行きへ接続搭乗されるものとばかり思っていましたが、それは飛んでもない事でありました。

ここのところ、急に上級将校の往来が激しく、まづ四、五日は駄目だろうと、飛行場の専任将校の話。仕方がないので指定の宿舎に這入り、毎朝十時に連絡をつけねばならぬ事になりました。

その間の、私の身辺の世話をしてくれる人が二十五軍の営兵長であった清水市出身の成田㐂久基という中尉の人で、連絡や戦跡視察、食事、自動車の手配に至るまで、たいへん親切にめんどうを見てくださいました。

昭南で四日が過ぎ、五日が過ぎても飛行場には、金ベタ肩章や金モール連中がひしめき合っていて、とうていドタ靴軍属などの割込む隙もないので、とうとう滞在一週間目、カンシャクを起し昭南駅からジョホルバルを一廻り、マレー半島を縦断してタイ国に這入り、仏印サイゴンに至る二昼夜半の汽車に乗って行こうと意を決しました。

その方が、気もまぎれるし、サイゴンは昭南のように混み合ってもいないだろうから、ここから空路へ割込んだ方が内地に着くのは早くなるだろうと判断したのでした。

軍人軍属は、単独で民間の車輛に乗ってはいかん事になっていたのでしたが、幸い、今も昔もこのボサボサ頭の長髪を利用し、便衣を着込み、下着のポケットに拳銃をしのばせて、まんまと現地人の旅行者みたいな格好で、軍服、軍靴はカバンに入れ、切符を買って乗り込みました。

出発の前夜、成田営兵長のところへ行ってその事を連絡しますと、あきれたような顔をして、切角の航空搭乗券も無駄になるし、困っていたようでしたが、

「貴官なら、大丈夫殺されずに行けるだろうが、しかしなあ、マレー半島の住民の対日感情は良くないぞ。ときどき線路をとっぱづしてあったり、鉄橋が消えて無くなっているようだから、なりたけ、後の方の汽車へ乗って行くんだな。」

と言う。

「何か欲しいもんはないかい。」

と言うので、当時の事情として到底無理な頼みだと思ったが、

「たばこ位のもんだ。」

と言うと、

「むづかしいと思うが、参謀か偉い人に頼んで見るか。」

と、うなづいてくれました。

その頃、スマトラ、ジャワ、昭南地方はたばこ飢饉で、ノドが胃痙攣を起しそうな真っ黒い現地たばこしか手に這入らず、ほとほと私はまいっていたのです。

出発の日の朝、薪をくべてトコン、トコンと走る汽車が、この世の別れのような汽笛を鳴らしてホームを辷り出したその時、駅の改札口を飛び越えて
「その汽車、待てーぇ。」

と大声を上げてすっ飛んで来る日本軍将校がありました。

ガタン、ガタンと汽車が停り、私はびっくりして、暴徒か便衣隊がもう出たか、と周囲を見廻し、そおっと窓へ顔を出して見ると、ハァハァ息を吐きながら、なんとそれは成田中尉ではありませんか。

ルビークインのたばこの大箱を差上げ、息せき切って私を探し廻っているのです。

感謝感涙、同郷のテアイっていいものだなあと思って別れました。

ときどき、線路にトラが昼寝をしているという、マレー半島のジャングルも無事に過ぎ、まるまる二日かかってタイ国入り。更に仏印サイゴンに到着する事が出来ました。

初めて見るサイゴンの街、各戸に自国の旗と、日本の旗と、フランスの旗の三本を一束にして掲げ、複雑な顔をして静まり返っていました。

ここも、昭南飛行場以上に混雑しておりました。

急いで軍服に着換え、長身野戦焼ボロ服にモノを言わせ蛮声を張り上げ、

「南方一線部隊の奏待軍属だ。緊急公務だ。」

と、ハッタリかけても駄目。

「体の調子が悪い。早く乗してくれろ。」

哀願、低頭もダメ、これもさっぱりお感じ無し。

今着いた飛行機から下りて来た人を見れば本庄繁大将であったり、なんとなく要路の大官、高級武官がぎっしり。

海南島行きに一人空いたと言うので、少しでも内地へ近くなれりゃもうけだ、とそれに飛

乗り、海南島飛行場でちょうど内地へ後送修理に這入るボロ戦闘機が有ると言うのでそれへ便乗、どうにか、こうにか、やっとこさ、静岡へ帰る事が出来ました。

帰って一週間か十日目、留守隊の望月副官がちょっと来い、と言う。その日は雲一つない快天。

もう原隊へ帰れ、とでも言うのかと、大あわてで出掛けて見ると、いつもなら「まあ掛けろよ、どうだい、うまい情報ないかい。

当番、お茶っ！」

が口ぐせの彼が、ぎくっとした顔で、

「柳田、これを見ろ。」

と言った切り。

通信紙に赤鉛筆で書きなぐったものを目の前に差出しました。

でっかく㊙の記号がくっついている。

じいっと目をくすげて読んで見ると、

「十時着電。沼八九二六部隊、戦死将校次の如し。」

約二十数名ずらり。

その中には、木村軍医、中條大尉、関谷少佐の名も加っているのではありませんか。目をこすり、息を止め、ぼう然とぼっ立っていました。

副官から戦況の大要を耳元で小声で聞かされる。

それによると、私がスマトラを、追われる如く脱出してその直後、命令下達があったらしい。

火の付くような緊急作戦、二日か三日目にはスマトラ、ベラワンを出港、ガダルカナル島へ向け進発した模様。その途中の海上に於いて主力と連隊本部の輸送船がやられた、という情報。

部隊の、高級軍医、連隊副官までが第一報で死んでいる。この分じゃ、或は、部隊は全滅じゃないか、と言う。

どうして望月副官のところを飛出したか覚えておりません。

本部裏の庭を馳け抜け、土手の上まですっ飛んで行き、桜の木の下に座り込んで、この飛報、誤報なれかしと祈りました。

そんなこたァない、そんなバカなことがあってたまるもンか。芝草へ顔をうづめて泣きました。

そうした情報は、一切部外へは極秘にされておりました。

徹夜作業三日、黙々と半狂乱の態で一生懸命に任務の作業を続けました。

その、沼八九二六部隊写真展は、その悲涙の人たちの顔を中心にして、毎日新聞が主催し、留守静岡連隊、連隊区司令部の後援で百貨店田中屋で開展いたしました。

たいへんな人出、連日会場で怪我人が出る始末。

沈痛や如何にせん。万感耐え難く、とうとう私はその会場へ出掛ける事が出来ませんでした。歴史的な、慟哭の写真展でした。

その写真展の終りの日の近い頃、今度の大作戦の大要が発表された。

沼八九二六部隊の戦死者は三千に近く、参加大隊ほとんど全滅と想像されました。

ソロモン群島、ガダルカナル周辺に悲運の航跡を残し消え去ろうとしている。原隊を追及すべく決心。

再々名古屋師団司令部、静岡留守隊に、原隊復帰の連絡に出掛けるのだが、この時この際、そんな非戦闘員の一人や二人、かまっていられすか、といったあんばい。

留守隊本部からの連絡では、しばらく、原隊復帰はむづかしいだろうから、暫時待機せよ、という。

紅顔溌剌として、いで立った行進道路を、今は逆に、白木の箱に這入って帰って来る。

小銃も無く廃品同様の装備で帰って来た部隊を、出迎える静岡市民。昭和十六年十一月、招魂社参道。

虚脱悶々の日々が続いたある日、その日も朝から空襲警報のサイレンが鳴っておりました。一応服装を整え、二階の物干台へ上って戦場でいつも首に下げていたツアイス、イコンの明るい双眼鏡を目に当て、北の空、西の山の方を眺め廻していると、はるか北西方の空の果てに、三機のＢ29の機影を発見しました。

じいっと眺めていると、そのＢ29の進行方向の、更に高度に、蚊かブヨのような灰色の点が動くのが見えました。

いったい、あれは何んだろう、と、その点を注目していると、まぎれもなくそれは日本の特攻機一機です。

そう思った瞬間、すーぅと斜線を引いて、その特攻機が急降下したかと思うと、先頭のＢ29の白い巨体に直撃、体当りしました。

Ｂ29は、機体が二つか三つに砕け、静岡から見える、南アルプス連峰の左裾の、山の上につきささるように落ちて行きました。

それが大井川奥、川根山村の、千頭と小長井という部落へＢ29が、日本の特攻機と一塊になって落ちたときの、鮮烈な光景です。

それから、ものの三十分もたたないうちに、憲兵隊から電話が来た。「大急ぎでカメラの用意。すぐサイドカーが迎えにいく」という。かくて東海道線金谷の駅へ急行することになった。

金谷の駅から山峡を縫う大井川鉄道の終点の駅が千頭。行く先が密林山中らしいと言うことで、雨露をしのぐ必要もあるだろう、と、出掛けの用意に私がかつて香港の戦場からひろって来たレイン・コートを引っ掛けて出掛けたのです。

あとのお話のために、この戦利品のレイン・コートの事をちょっと、くわしく説明さしていただきますが、これは英国製の、中々の上物で、今でこそこの種のレイン・コートは当り前のものになっておりますが、物資不足のどん底、その頃としましては、絹のような手ざわりで、ゴムのように柔く、軽くて、防水も万点。首っ玉のあたりから肢下まで、一本のチャックで、ピューと着脱自在。香港戦線ジャディネス看視山付近の激戦地で戦死した敵将校の屍体の附近に有ったものを、ロングサイズ、私にぴったりというわけで、わたくしの愛用のものとなっていたのです。

憲兵三人、私と、金谷の駅に着きますと、大井川鉄道は二輌編成の臨時列車を仕立てて待っていて、すぐ発車となりました。

約一時間、千頭終点に着きますと、落下したB29のエンジン部は駅近くの旅館の裏に落下。

その他はバラン、バランの残骸となって、大井川の対岸の隣村の山の中に落ちたそうです。敵の搭乗員二名が落下傘で脱出。山の中へ逃げ込んだと言う事で村の消防隊が、升槍や火消棒で追っかけ廻し、ようやくひっ捕えた、間もなくここへ連れて来ると言う。

さもしいことを申し上げますが、その間、私は、機体の残骸の検証をやりながらもの探し、実は、何かうまいもんはないものかと、目を皿のようにしてひっかき廻している。

そうして、やっぱり、あったあった、と、ひとりほくそ笑んで谷底へ下りて行きました。

それは、ポンド入りのバター罐らしい、緑色の罐があっちこっちに散らかっている。

こってりとしたバターか、甘い甘いフルーツの罐詰かも知れん。

ポケットから十銭銅貨をまさぐり出し、フタをこじあける。とたんに、シューという音と一緒に、白い煙りがモヤモヤとふき出て来た。

そのむかしの龍宮みやげの玉手箱のはなしが、スッと頭をかすめ、次は手榴弾か、小型爆弾だと直感した。

「あっ」と言うなり、手に持っていた罐詰を力いっぱい茶畑の向うにひん投げ、とっさに、

「爆弾だッ！待避！」

という大声を上げて、地べたに体を投げ出した。息を止めてしばし。パンともスウともい

わない。煙りだけはボコン、ボコンと出ている。

こりゃあ、事によったら、鬼畜米英らの、毒ガスかも知れんゾと自問自答。急いで風上の方へ廻り、目をくすげて見ていた。

後で判ったことだが、それは、爆弾でも毒ガスでもなく、蝋とベンジンで作ってある携帯燃料というヤツ。ヤッコさんチの不時着用の燃料では腹の足しにはなりはせん。がっかりした。

甘いいい匂いがするし、これは間違いなく食糧品だと判る小包がバラバラと散らかっていた。アメかチョコレートのたぐいらしい。

屍体の服のポケットや、そこら中にも散乱しているのを掻き集め、食い方を知らないので二、三十枚いっぺんに口にほうばり、うまいうまいとやっていたが、どうにもかみ切れないので次から次へと呑み下し。どうにも腹具合がおかしくなってしまってその後二、三日医者通いをしていた勇士もいた。そのころ日本にはまだ知られていないチューインガムというヤツだ。

腕をからげていた。六人一塊になっていた。後尾射手らしいのが黒焦げになっていた。全部黒人のようでした。黒人が黒焦げになっていたのだから木炭の固りみたいな姿であった。

銀の鎖に銀の十字架を首に下げている別の三人連れの焼けていない屍体は白人であった。口からヤニのような血を吐いていた。その白人の屍体の腕に、ハイカラな腕時計がくっついているのを見つけた。やはり目をくすげて見ている憲兵に、

「あの時計は、俺がもらう。」

と、先取権の名乗りを上げると、
彼は、厳粛な声で言った。

「屍体に着いてるもんだけはそのままにしておこう。」

「それも、そうだな。」

仕方がないので、私もあきらめた。

おかしな事に、この事件の後十日あまりたってから、町角でばったり逢った彼の憲兵氏の腕に、どうも、どこかで見た事のある、真っ四角、淡いピンク色の文字盤、三針の一物がサン然と輝いているのを発見。あ、やられた、と気がついた。

対策本部の村の役場へ、搭乗員二人が連れて来られた。二人共相当弱っている。

長髪、ものすごくノッポ、二十歳前後、ハンサムであった。

国に帰れば恐らく美しい恋人もいるだろう。一日千秋の想いで、この息子の帰って来る日

を待っている親もあるだろう、とふっと思った。

二人は膝頭がガクガクと音のする程ふるえて立っている。

二人は、私の顔を見ると、

「ハロー。」

と言って縄付きのまま近寄って来た。

顔にも血の気がさして、一人は笑い顔さえ作ろうとしている。旧友にでもめぐり逢えたように眼を輝やかせている。

体は小さくて、声だけバカでっかい声を上げ、チョコマカ、チョコマカ動作している憲兵の中で、六尺近い大男、頭は長髪、ブサイクながらどうにか整った顔をしていたらしい。それに例の逸品の英軍外衣を着込んでカメラぶら下げているわたくしを、捕虜の先輩かあるいは二世か、通訳とでも思ったらしい。

一生懸命何かしゃべるのだが、チンプン、カンプン、何んにも判らない。

残念ながら英語で話や取調べの出来るような、その当時の言葉でいう「非国民的教養」のあるテアイは一人も居なかった。

こっちも何か口を動かしていないと間が合わんし気の毒のように思うので

「随分、鼻っ柱の高い、鬼畜米英だあ。」

大男を見上げて立っている。

職務忠実にさっきから一生懸命携行して来た軍用書をひろげて、ベラベラ検べていた一人の憲兵氏が大声をあげた。

「おお、そうだった。目隠しするんじゃった。そう書いてある。おい、捕虜の目隠しする布をもって来い!」

英雄のように、胸を張って、赤革の長靴を踏み鳴らしている。

大日本帝国、静岡県は榛原郡、川根の山ン中。敵さんの米英がフワン、フワン舞い下りようなんて、夢にも考えた事ないんだから、そいつ等の取扱い規則なんてすぐ判る筈もないし、歩兵操典や、陣中要務令にも明文されているわけがない。

ようやく、戦地で、戦闘間に投降、または捕えた敵に対する取扱いの要項の中に、それに当てはまる項目を発見した。

それによると、おおむね、次のような事が書いてある。

「白旗をひるがえし遠方より軍使たる事を標し来たる者、または降参人は、敵として取扱わず、これを歩哨線外において敵方に面して停止せしめ小哨長に報告すべし。この際は無用の談話を避け、特に敵に欺むかれざる事に注意し、もし降参人にして武器を携帯し居る時は、先ずこれを放棄せしむべし。味方陣地内を搬送後送する場合は厳重なる目隠しを行うべし。」

談話をしたいにも言葉は通じないし、停止せしめる敵方の方向がどっちか判断が出来ないので、何はともあれ目隠しするのが一番だと言う事になったようだ。

ところが一度洗濯すれば縦糸だけになってしまうような代用綿布の手拭いが、三カ月に一本配給があるや無しや、主婦の欲しがるもめんの縫糸ですら一カ月に二軒にひとカナ配給、といったようなドン底時代。役場中を探したってそんな無駄な布ものナンカ有るわけがない。

「敵兵をわれわれの手に捕えたのだぞ。戦局が好転するぞ。見よ、皇軍の威武を。」と昂奮の絶頂。すさまじい見幕である。

「何をぐずぐずしている。フンドシでもゾウキンでも、早う持って来い」

「荒縄でグルン、グルン顔をス巻きにしたらどうずら。」

「まるで顔だけ、ミノ虫みたいにのう。」

「目さえ見えなくなりゃ、何んだっていいずら。板っ切れをヒタイに五寸釘で打ちつけたらどうずら。」などと、すごいことを言うヤジ馬も出てくる。

いろいろ評定をしているそこへ、助役さんが飛んで来た。

「憲兵どの、ありましたぞ。適当な白布がありましたぞ。これです。」

と言って白虎隊が鉢巻にするような、真っ白い真新しい布を二、三十本一束にして持ってきた。

憲兵は、その布をひと固めにしてしごきながら、

「こりゃいい。ちゃんと探せばいくらだってあるジャン。あわてるない。皇軍の威信にかかわる。落着け。なあ、助役さん。」

と言いながら、搭乗員の目ん玉を、ギュウ、ギュウふんじばろうとした時、言わなけりゃいいものを、始めて「助役さん」とさんづけに呼ばれた嬉しさに、

「ちょうど、遺骨の白布が来ていたもんで。」

と言ってしまった。

これはまづかった。見る見る憲兵どのの目ん玉が三角に変形し真っ赤な顔になった。

「なんじゃとっ！戦死者の、遺骨を包む白布だと。バカッたれ。そのような厳粛なもんで鬼畜米英の目ん玉しばれるか。非国民！。」

一同ガックリ。どうにも、こうにも、これには抗弁の余地がない。二人の搭乗員以上に膝

頭ががくん、がくんして、必死になって謝る。なぐさめる。熱いお茶をもってくる。かなりの時間がかかって、ようやく附近の農家を馳けずり廻り、古い六尺の端じっぽのような薄汚れた布切れを探し出し、どうにか、こうにか大苦労の末、目隠しの格好は出来た。

二人を縄で引っぱり、茶畑の傾斜の山道を千頭の駅までたどり着く。一輛増結したワム貨車の中へ搭乗員を入れて、私たちは客車の中へ座る。東海道線金谷の駅へ、かくて世紀の捕虜列車は万雷の歓呼?の声に送られて山を下りることになる。

鉄道沿線の、歓声、驚声、怒声は山を揺るがすばかり。この山村の、どこにこんな大勢の人たちが住んでいるのかと驚くばかり。どの駅もどの駅も捕虜の顔を一目見ようと人がいっぱい。

嘘だらけの前線情報も尻っぽが出て来たし神風も吹いてくれない。全国の主要都市はつぎつぎと爆撃にさらされている。働き手は、片っ端から前線へ送られている。戦線からは陸続と遺骨が隊列をつくって三日おき位には帰ってくる。

食うものは無い。着るものは無い。頭に来ていた。どこも日本国中そうであったと思うがこの純朴な山村の人たちの目もつり上っていました。

「捕虜はどこだ。引き出せ。ブチ殺せ。」

と口々にわめく。

憲兵の一人は、貨車の中で二人の搭乗員を拳銃片手に監視の役。だがそれは外からは見えない。

群集は、血走った目で客車の中を覗き廻わる。その客車の中に、両方に二人の憲兵が居て真ん中に、日本人としてはヅバ抜けた大男が検証撮影と、物探しにくたびれこけていた。着ている、見慣れない、例の英将遺品の外被がまづい。それにスパイの持つようなカメラをぶら下げているときている。そこで、

「捕虜の野郎は、あいつだ。」

と決った。

パプア土人のお祭りのような大声を上げて、ドカドカと客車の中へ這入って来た。

ゲバ棒や、ドンガラ石をひっ抱えている者もある。大政翼賛会推進員だの、大日本在郷軍人分会だの、地区警備団員だのと、角ゴジックででっかい腕章を着けた勇士どもである。小さい私鉄の客車がひっくり返えりそうな始末だ。憲兵もあわてたが、私は寝呆け眼でびっくり仰天。逃げ出す。

外套もズタズタにひっさばかれ、チャックはボロボロ、血の気の多い山村の愛国者どもの

鉄拳も二つ三つ。でっかいタンコブが出来てしまった。無念、ワム車のお客さん以上に哀れな格好となってしまった。

沿線や各駅での悲喜劇、旋風を捲き起しながら、世紀の捕虜列車はどうやら無事金谷の駅へ、搭乗員は憲兵が引連れて、名古屋の東海軍管区司令部送りとなり、更にこの事件は混乱、悲涙の物語の展巻となる。


今だ、南方の原隊からは、私に召還の連絡がまいりません。

シンガポールを昭南と改名した頃で戦争を止めておけば良かったものを、キニーネと、油と、ゴムを欲しくって更に進めた南方作戦も、蘭印六〇〇の島々、ソロモン群島無数の島、その中のたった一つの、地図の上で点の様な島、悲劇のガダルカナル作戦を転機として戦況は益々日毎に暗転。本土が日夜の無差別爆撃で戦場以上の悲惨な明け暮れとなる。

この苛烈な最中に、敵捕虜に対して温情ある配慮なんて出来るもんじゃありません。

「早く、あんな奴等、片づけちまえ。」

と言う声に変って行ったようです。

ヒゲなんか生やして、口をとんがらかし、予備役、後備役の延長、特進、老兵老将、バカ

でっかい声をはり上げ、

「やっちまえ、やっちまえ」

と、口ではそうは言うものの、談呵やハッタリは忠君愛国、勇気りんりんたるものだったが、ひっこ抜いて俺がパッサリなどと仲々出来るもんじゃない。

貧棒所帯とおんなじ、戦況が悪けりゃ、口ばっかりで、かたっきし意久地がなくなった。将校も兵隊もくたびれこけて、気ばかりあせってヨロン、ヨロンと言った格好。

銃後の人たちだって、そういつまでもホーキン（ホーキ）振り上げバケツリレーで火消しばっかりやっちゃいられん。足を棒にして百姓家を廻り、着て来たものもひん脱いでイモに換えて担いで帰る。

途中の汽車で警察にとっちめられ、へいへいと謝って見たものの、イモを返してくれなけりゃ、そのまま家へ帰るわけがいかぬ。子供らが飢える。じいさんが働けぬ。

有るものみんなひん出して、真っ裸になっても、何か食うもの探さなけりゃならぬ。また来た道をイモ探しにひっ返す。

ああ、森羅万象、想うにつけ、ありとあらゆる情報聞くにつけ、とてもこれじゃこの戦争勝ちっこないと思うようになった。

少し時間を借りて脱線いたしますが、その頃「討ちてし止まん。」「何が何んでもやり抜くぞ。」などと、さかんにポスターがハッパを掛けるのですが、腹が減ってはどうにもならず、これも町の出来事ですが。

大政翼賛会が張った「足らぬ足らぬは、工夫が足らぬ。」と書いてあるポスターを、工夫の工の字を消したヤツがあって、「足らぬ足らぬは夫が足らぬ。」としてしまったのです。「ゼイタクは敵だ。」という張紙に、一字加えて、敵という字の上にスを入れて、「ゼイタクは素敵だ。」になっちまっている。

大政翼賛会のポスターの「欲しがりません。勝つまでは。」を「干上《ほしあが》ります。勝つまでに。」と、モジるテアイがあるといったあんばい。

その夜も、公会堂で婦人会や各種団体の有志を集めて、代用品の工夫を考える会合があるという。

俺にも出て来いという。朝っぱらから空にはブンブンB29の音がしているし、会合の役員は、定評のある闇屋食料品のずんぐり肥えている大将が座長、相変らず八紘一宇だの、万世一系、神国だ、神風だなんて連発する話を前座一席。代用品の思いつきの件についてはさっぱり具体案の名案も出て来ない。

「柳田さん。あんたはいつも思いつきがええ人じゃけん、何かうまい思案はないかのう。」

というのです。

この二、三日、イモ腹で、腹にこたえがなく、ムカムカしてたまらんので、

「代用品で、本ものよりええもん、有るわけないぞぉ。

強いて言えば二号位のもんだ。」

とやらかすと座長、怒ったの、怒らないの、

「この日本一の国賊メン、真地目にやれ。」

と大むくれ。

その日は運悪く、米の換りだと言ってイモとイモ蔓《づる》が一週間分と、目の真赤いイワシのハラワタの出たヤツ三本が配給があって、わが家の若く美しいカアチャンが、二人の子供と抱き合って泣いていた。

その事を思い出し更にムカムカして八つ当り、追打ちをかけた。

「真地目なヤツだってないこたぁないさ。

たとえば、イモは実よりもツルの方がいい」

と、第二発目。

「なぜ、だ。」

と言う。

「ツルの方が、腹にたまるし、空砲が出なくってていいぞぉ。」

空砲とは、軍隊用語で屁の事だ。

真赤になって怒り出したが、満座腹をかかえて笑い出し、それをシオにうまい工夫も無いままに散会になった。

そんなわけで、何もかも軌道が狂って来た。乱世、混乱、体質が落ちた。屁の音もしないような代用品ばかりになっていたのです。

軍部の、偉い衆も、ヨボン、ヨボンの白毛まじりの人たちが多くなった。

司令部や、留守隊勤務は、前線行きがいやさに、あらゆる手練手管で志願者殺到という噂。

末端の兵隊だって、二度三度と戦線帰りの召集兵、体力だって乙種は最高、丙、丁、のヒョロン、ヒョロンのもやし見たいなの、でっかい目ん玉のくせに、視力は〇・五。チビ、ヅングリ、チンバ、片目も居た。

かてて加えて未教育補充兵。まるっ切り実戦の役にたちそうもない気の毒な学徒兵。

腰から下はまだ動きさえすればよい事にしても、首から上がまるっきり、助教や教官がサジを投げるおかしなのも召集されて来ました。そのくせ食う。

鉄砲担がせたら、いきなり左肩へもってゆき、怒ったら、俺はウチにいる時、天秤棒は左肩だと食ってかかる。

軽機の銃口蓋を着けたまま空砲をぶっ飛ばし、銃身竹割り。営倉行きとなったのもいる。

たった一回切りの学科の時間があり、「三大節とは何んと何んだ。」とやられたら「浪花節と安来節、ええと、もう一つ、木曽節だったかちゃっきり節だったかのう。忘れました。おわり。」と、不動の姿勢で音吐朗々。これにはまいった。

武器、装備だって、今だからこそゴタクまじりにしゃべれるけれど、見ただけで、実戦の経験のある者なら手ばなしで泣き出したくなるものばかり。どれ一つとして落涙絶句の珍品ぞろい。

水筒は、竹を節毎に切ってヒモをつけてある。背のうは布袋に換った。靴皮は豚なら最高、地下タビ。一足きりのドタ靴が配給されたが、二人も三人も使い古したボロ靴で、これは野戦行きの時のためになりたけ履かんことにして、演習には、下駄ばき草履ばき、それも藁草履、サンダルと来たもんだ。

鉄砲は、正照準ものが十挺に二、三挺あるやなしや。

懇意なベタ金の偉いのと、特配の酒を呑みながら、

「あんな鉄砲で弾ぁ射ったら、市役所向けてズドンとやりぁ、浅間サンの鳩がおっこちるゾ。」

と言ってやった。

どやされるだろう、と思っていたら、

「オレもそう思う。」と
簡単にこきぁがった。

その頃、南方軍の第一線から、ひょっこり一人で帰還して来た将校があった。

彼はもともとが見習士官上りの召集将校だったので、五年ぶりで晴れて帰郷。

戦塵を落すいとまもなく、老父の切なる希望で大あわてで新妻を迎え、やれやれ生きて帰れたわい、と思った途端、再び赤紙が来ました。

そうして新設の、名古屋の中部軍管区司令部にもって行かれました。

颯爽たる目付の座った歴戦の青年将校であった。彼は直立不動の姿勢で申告に廻っていました。

その時顔を上げた偉い人が、

「ほほう、たくましいヤツよのう。貴官か二十五軍の営兵長。

どうじゃ、これやれるだろう。」

と首をたたいて、当てにされたり激励される始末となった。

その運命の、若い誠実で、クソ真地目な青年将校こそ、私と、昭南で別れた、ルビークインのたばこを抱えて汽車を追っかけて来てくれた、あの成田中尉その人でありました。

彼は、ここでもまた営兵長に任ぜられることになった。


ガダルカナルの戦死者の氏名が公式に発表されました。

この連隊だけで、その数二千七百柱。

大あわてで新聞社は、戦死者の氏名と写真を発表しました。

暗雲垂れこめて、息のとまりそうな日日を迎えました。

それぞれの、一人一人の、小さい顔写真と出身地、階級、氏名、遺族の名。一人一行づつ使っても、県版は一頁だけ。一段九十行で全十五段しか使えりゃしない。

見出しも何も無い。六号活字のベタ組にしても一日で千三百五十人しか発表出来ません。

県外の人たちは県版からはづし、それでも数日を要して氏名がようやく徹底しました。

ガ島の英霊を迎える人の中に、此んな哀しい姿も見掛けられた。此の光景は、涙無くしては見られない。

スマトラ原隊で、私が別れる時の、くだくだとした先程のお話の中に時折名前が出て来ました人たち、親泊参謀たった一人の外は、木村軍医少佐、関谷少佐、中條副官。書記の大木曹長、小塩軍曹、ことごとく戦死されました。

かくていよいよ、迎骨の日を迎えることになる。

遺骨の白布も短くしました。その白布の端っぽでマスクを作って迎骨の兵隊全員に使わせました。

遺骨の箱の中に、何んにも入れる物が無いのと、物資節約のために、その白木の箱も手に這入ってしまいそうな小さいものになりました。

その群なす、その長蛇の如く、その大河の如く、延々たる遺骨の流れは、いったん駅頭に整列。市内を行進してその先頭は既に留守部隊営庭の慰霊祭場に到着しているというのに、その後尾はまだ駅頭を動いておりません。

まこと延々たるかな、かなしみの川の如く、悲しみの行進でした。

留守部隊の兵の数が、帰って来た遺骨の数よりはるかに少ないので、一人で二つも三つも抱えて行進している兵隊もありました。

一列百五十体、十九段。浮城のような祭壇が、白銀の富嶽をバックに出来上りました。

南支で一人、北満で一人、南海で一人、この遺骨で四人目ですと言う。年老いた遺族が、黙々として、何が這入っているのやら、遺留品という小さい包みと、軽い遺骨箱を渡されておりました。

一人で二つの遺骨を両手に抱いて帰ってゆく老いたる母もありました。

母も無く、肉親もなく、たった一人の残された児が、何が何んだか判らず、父の名前の書いた白い包みの小箱を抱えていました。

小学生服を着て、巻脚絆を巻いて、黒い小さいズックの靴をはいて、九歳の少年の姿もあった。

営庭には、国威宣揚の大看板が空しく空に立っていました。

十八年の秋の暮れ。その年は雪も早く、その日晴天、無風。

富士山は、既に真っ白でした。

二千七百の遺骨と、それを抱きかかえた無言の遺族たち。死の底のように静かでした。

これだけの人をいっぺんに、南海に失える日を転機として、ひそかなる祈りも虚し、戦局の回天だめ。悲憤、涙も凋れて、つっ立っていた。

軍服を着て生きている事が、申しわけないと思いました。


名古屋の東海軍管区では、いよいよB29の搭乗員と、一連の捕虜たちを処刑する事に決まりました。助けられた者も大勢いたが、二度三度と日本本土爆撃に来たと言う「歴戦の勇士」が先ずヤリ玉に上った。

名古屋市は無差別爆撃にひとしい累計八十回の連続空襲を受けて、とことんまで焼野原、市民の感情もおさまりません。

誰れ彼れの命令ともはっきりしないまま、きわめて当り前のように名古屋の駅から熱田の駅まで八キロの市中を、お前らのためにこんなに焦土となってしまったから、ゆっくり見せてやれと引き廻されたのも居た。その途中で逆上した市民たちのために半殺しにされてしまった幾人かの捕われの搭乗員もおりました。

刑場は郊外瀬戸その他、その数は三十余名。その多くは断首。
それぞれの方向を向いて、ことごとく昇天しました。
そうして終戦と言う名の、敗戦の日がやって来ました。あわただしく、さらに悲しい乱世
混乱の地獄のような日日が繰り展げられました。
名古屋市周辺は言わずもがな、千頭の山中にも大勢の進駐軍がドカドカやって来て、調査、
取調べ、土をかけた屍体も掘り返えし、参考人で呼ばれた人たちは数百人。
昭和二十年十二月、終戦処理を完了して、復員した東海軍管区司令官は、翌年九月にB級
戦犯としてこの事件の責を問われて、関連した一連の部下と共に巣鴨拘置所に入所しました。
巣鴨の獄中には、既に絞首刑の判決を受けた各地の人たちが五十人近くもおりました。
その中には、多くの罪なき兵と下士官がおりました。
気の毒な下級将校、上級指揮官も居た事でありましょう。
私どもの、正確な記憶の中にも、あまたなる戦犯責任を逃避した高官、指揮官の名前を忘
れる事が出来ません。
はなはだしきは、指揮官、部隊長において自らの保身のために数多くの部下、下士官兵に
その罪をなすりつけ、ひとり自らの延命に狂奔した人もおりました。

その中において、名古屋の、軍管区司令官の獄中における行動、態度は実に見事なものでありました。

もともとこの司令官は、昭和二十年二月十一日、すなわち終戦の日の六カ月前にこの要職に転属した人で、言いのがれる方便もいくらでもあった筈でしたが、取調べのたびごとに態度微動だにせず、その言や徹頭徹尾、

「部下の過失あらばことごとく私の責任である。この事については最高責任者は私である。命令は私が下したのである。部下はただ忠実に私の命令に従ったまでである。」

「特に下士官兵には何んらの責任なし。直ちに釈放せよ。」

と言い切っている。

この事は、軍事法廷の判事、検事を初め、A級B級の戦犯、そうして一連の部下たちが感動して語り草になっております。

更に、この人は、こんな事も言い残しております。

「私の三十有五年間ご奉公した懐しい日本陸軍の名誉を傷つけないで済まされた。」

あらゆる方途を尽し部下の救出に火の如く立向いました。

「一切の責任は自分がとる。部下の無罪釈放なくんば何もしゃべらん。」

とまで言いました。

彼の言を入れて、下士官兵はことごとく釈放無罪。かくて、将校の有罪判決も意外に軽く、大西参謀終身刑。成田営兵長三十年。米丸副官二十五年。山田大尉二十五年。足立参謀二十年。保田参謀十五年。

そうして司令官一人だけ絞首刑の判決となりました。

この司令官、刑死の直前に次のような言葉を書残しています。

「私は青年を愛し、青年に愛された。何んで老骨のために今さら青年を無駄死にさせる事が出来るか。」

巣鴨拘置所、刑囚の獄舎。手の届かない高いところに薄暗いハダカ電気がともっている。夜の人員点呼の終った静けさの中に、独房の人たちが死の底にいるような、息を殺して耳をすます夜毎の時間があった。

その魔のような時間、それは入口のＭＰのデスクで二言三言の低い話し声がして、それが止切れて、間をおいてガチャ、ガチャと金属音がする。

そのガチャ、ガチャとふれあう音の数で、明日の朝の刑、執行の人の数が読めるのであった。

その音は手錠の音なのです。明日必要な数だけを取り出して手錠の点検をしているのです。たれもが、朝のその時間の、その音のあるや、なしや。その数のいくつであるかを、じいーっと耳をすまして聞いているのです。

その音が聞こえない時は、安らかに眠ることができたのでした。

昭和二十四年九月十六日の前夜、手錠の点検は一個だけであった。

そうして朝を迎えた。

やはりMPは、大ぜいの死刑囚の独房の前を、手錠一個を下げてロボットのような足どりで歩いて来た。

誰れの独房の前にも立ち留らず、ずっと歩き続けて一番奥の独房に立ちました。

その独房はこの軍管区司令官の前でありました。

彼は従容として、一歩の足の乱れもなく立上り両手を差出しました。

MPに、何か、用はないか、と言われておりました。

「何もない。ただ一つ、一緒に暮して来た部下に別れを言いたい。」

こんな申し出の例が無いので、時間がかかりましたが、ようやく許されました。

彼は、一つ一つの部下たちの独房の前に立って、腰をかがめ、暗い中を覗き込み、しげしげといとほし気に目と目を合わせ、心をたしかめました。

「えらくお世話さまになったたな。達者でな。けっして、わしのあとへついて来るでないぞ、よ。」

部下たちは、独房の中で、きちんと膝を合わせ、目をかッと見開いて彼を見送りました。悠々たる大往生の後姿でありました。

手作りのサンダルばきでした。しっかりした足取りでした。

連れて歩いている、MPの方が、泣かんばかりに悄然としていて、どっちが絞首台へ行く人だか判らないような風景でした。

やがて十三階段を、ゆっくりと登って行きました。しづかに微笑の色さえ顔に浮べて。

この人、このとき六十歳でした。

この人の、切なる悲願はかなえられました。長期刑の人たちことごとく減刑となり出所しました。

軍司令官ただ一人だけ刑死して、部下全員が助かったという例は、全国に一つもありません。

あの乱世のさ中に、一行の新聞の記事にもならないで、戦犯という名のもとに、死んで行ったこういう人もあったのです。

その人の名は、岡田資と言います。

長い歴史の上に、あの軍事裁判という勝者の審判は、いろいろの意味で、不幸な宿題と、暗い宿命をもたらしましたが、この軍司令官の切なる願いを聞き入れて配慮をしてくれたこの事実だけは、彼らの英智として長く記憶にとどめるべきでしょう。

ここで一つ、お話が前後いたしましたが、申し添えさせていただきたい事がございます。

初め頃のお話の中に、私がスマトラで原隊から帰えされる物語りの中で、たびたび登場してくる、親泊、関谷、中條、木村、大木、小塩、それぞれの将校、下士官は、親泊軍参謀一人の外、全部ガダルカナルにおいて戦死したと申し上げました。

その名前の中の一人の生残り、親泊参謀はガ島作戦を戦い続け、半死半生で生還いたしました。

終戦の直前、東京の陸軍報道部の次長に転属、悶々の日々を過しておりましたが、終戦と同時に、二人のいたいけな愛児に、小さい紋付き羽織、ハカマで盛装をさせ、四角な卓を中にして妻子四人ことごとく自刃し果てました。

終戦の日の前後、随分いたましいいろいろの出来事がありました。殺したり殺されたり、逃げたり隠れたり、痴呆を装ってソラを使ったり、いろいろの事は聞いておりますが、このような痛烈な話は外に聞いておりません。

雲流るる果て、山のかなた、潮騒の極まるところ、悲憤慟哭、痛恨の歴史を秘めて、戦いの思い出も、既に遠くなりました。

一人一人が、ひとつひとつが、戦いの悲しい思い出を重ねて、石コロのように散らばっています。

その石コロの、ひとつ、ひとつを水底に沈めて、綺麗な水が空を写して流れています。

祖国を愛し、命令を遵奉し、かなしきまでに勇武なりし、その時代を短く生きた若者たち、その不遇な人たちの、血と肉と骨粉を沈めて道路が出来たのです。

その道の上を、足早に平和と繁栄がやって来たのです。

げに光蔭は矢の如く、歳月は茫たり二十五年、今だ傷恨いえがたく、日日私は考えます。

あの人たちは、生き残る人たちのために、死んだのだと。

日日私たちは祈ります。

私たちの生きているいのちは、あのあまたなる、いけにえの上に、生かされている、いのちであるという事を。

つきせぬ、わびしいお話を、祈りをこめて申し上げました。

貴重な時間を、ありがとうございました。

南京支店開店記

「この通り、南京の街は平和になったよ。蒋介石鎮台だって、そう馬鹿じゃあるまいし、それに吾軍だって戦争気狂いのヒゲヅラばかりじゃないと思うよ。

街を見ろ。子供らだって親父だって、兵隊そっくりな顔をした隣組の連中みたいなヤツばっかりだ。ナア、兄弟ケンカみたいな戦争長くやらなけりゃならんだよ。何んとバカな戦争やったもんだとお互い考えているずらよ。

これ以上戦争は長びくまいとオラ思うよ、そこでお前、戦争写真屋をここで一服してさ、早々に街の写真屋をやる気ないかい。軍としてもそうした民間写真屋が至急必要があるんだが。」

警備司令部の敬愛している副官が私を呼びつけてそう言う。

胸がワクワクした。この人たちでもこう言う位だから、兵隊仲間でささやかれている内地帰還の満期話や街で見る「平和来」のポスターはほんものなんだゾ、とその夜は嬉しくて嬉しくて一睡も出来なかった。

司令部のすぐ隣りの建物を呉れるから使えという。三日目には開店となった。

今までの住民の通門証、許可証に本人の顔写真をくっつけることになったので、その通門写真の指定撮影所となったのだ。

二十四コマの升目の、障子のワクみたいな大きな木ワクを作ってぼっ立て、その裏側に人の上れる段々を作り、連日群なして集って来る原住民をその段々に並べ、ヘッピリ腰でマス目から顔をつき出してもらう。番号と号令でシャッターを切る。「動くなよ、こっち観々《かんかん》、ガシャッ、完了《わんらん》！」と言った具合。

その頃フィルムが無いので、カビネのガラス板にいっぺんに二ダースづつの顔を写す。出来上ったものをハサミでチョキチョキというあんばい。

ピューヒョロ、ピューヒョロ、と迫撃砲弾。ドタッ、バサッ、ピシュ！と、音と煙りだらけの戦場写真、捕虜や友軍の戦死者の顔写真だらけのせんだって迄の旺《あ》け暮れが嘘みたい、悪夢のよう。「平和が来るぞ、平和が来たゾ」と独り言を言いながら連日不眠不休の大奮闘。内地から呼び寄せた助手二人、五人の中国人助手は三人が宿県で捕えられた正規兵の投降兵。大繁盛であった。

街も綺麗になった。下したての支那ドンスの服を着て、姑娘もスイスイと街へ出て来るようになった。

近所のカンオケ屋は、遠慮していたが昔のように店半分で米屋も開店。「白米売買《ぱいみんまいまい》、カンオケ安売り」の貼り紙。カンオケは一個十五元、両個《りゃんこ》では二十五元と割引きだそうだ。夫婦の中の一人が死ぬと、「どうせわしも入り用になるもんだで」と、自分のもと両個を買って行くのが死んだ人への供養だと言う。

隣りの歯医者も、でっかい名文の看板を出した。

「日本兵隊サン、金歯入れるアルヨ。ダラ金、おしゃれ金歯一本二円ヨロシイ。歯いたい、歯すぐナオスアルヨ。」

ダラ金はダテ金歯の間違いらしい。

野菜も肉も煙草も酒も、洪水のように城内に這入って来た。戦争なんて、ひっ知らすか、と言った顔でひととき南京に待ちに待った平和が風のようにやって来たのだ。

長い軍刀下げて軍服を民服に換え、しばしの間ではあったけれど店も大繁盛。その夜ヒョックラと副官がやって来た。

「お前、商売繁盛でよかったなぁ。またおもしろいもうけ写真があるぞぉ。やって見んか。」という。

討伐や作戦から帰って来ると、部隊の靴工場は編上軍靴の修理で、
目の廻る様に忙しく成る。

野戦の縫工場。ミシンは屯営から持って来た物も有ったが、
多くは舶来の戦利品だった。

この前の障子型二十四駒スピード写真のアイデアも副官さんの発想で大成功だったので今度の話は少し怪しいとも思ったし、それにむづかしい写真だし、思いやんだが決心することを約束した。

それは、去る昭和十二年十二月、南京陥落直前の、脇坂部隊の南京最大の激戦地、光華門の城頭に夜な夜な火の玉が出ると言う噂、民間ではもっぱら話の種になっていたが軍の副官からそれを撮影出来んかと言うのはどうしたことか、とびっくりした。

「お前、火の玉って見たことがあるかよぅ。光華門のは凄いだっちょ、小雨の降る夜なんか二十、三十と小隊中隊で飛んで行くそうだぞ。城内へ飛んで行くなぁ中国人ので、城外の空に飛んで行くが日本軍のだそうだ。

お前の腕なら撮れるだろう。マグネシューム、ドカンと一発やりゃァユウレイも一緒にうつるかも知れんぞ。

お前、撮れたら陸軍省へも送ってやるぞ、火の玉写真なんて見たことないからお前日本中に評判になるぞ」と、凄い事を言う。

十日程前光華門へ行って来たが、都心を離れたあのあたりはまだ戦場整理も出来ていなかった。くづれた土るいのあっちこっちに白骨はあっち向き、こっち向き。黄ばんだ頭蓋骨の大きく旺《ひら》いた眼底の下から雑草が空へ伸び花が咲いたり、実をつけたり、風に吹かれていた。

しばらく考えぬいたが、小雨の降る夜を待ってやる決心をした。

それから三日目、また副官がやって来た。いつもの「お前、」と言わないで、いきなり「戦争だ、武漢方面へ出動だ。ついて来るかっ」と野戦口調で怒鳴った。そうしてその会戦で戦死した。

あの頃で戦争が終っていたらなぁ、と今でも考え込む。幾人かの主けん者の英智と決断でどうともなった筈だったがなぁ、と息を止めて考えることがある。

そば、まんだん。小野庵、深大寺、安田屋のこと。

その家のあるじは、小野田保三といった。屋号は、小野庵という、歴代のそばの老庵であった。

東海道は藤枝の宿、旭光座という映画館の真ン前で、地の利もいい。

彼は、この界隈で一家を成す哲学者で、和歌をやり、絵も書いた。その頃既に彼は三十を越したニヒリストであった。

われわれニキビさかんな文学青年共は、彼を中心にして天下泰平の法螺を吹き、借金を覚え、呑み歩き、喚き会い、喧嘩をしたり、鉢巻きをして資本論を徹夜で読んだり、ハイネの詩に涙を流し、恋をして死のうと決心したりした。

われわれは徴兵前の十八才、金が無くなると小野庵へもぐり込んで、掛けで「かけ」を食わしてもらう。三日間ブッ続けでウドンとソバを食っていたら排泄がバッタリ止った。

庵主、保三は、

「そりゃァいいわ、楽でいいわ、みんな身になっちまうんだよ」

ゲタゲタ笑っていた。

ダダイスト辻潤、武林の無想庵、文子夫妻などじっこんで、辻潤などは再々ここへやって来て藤枝の酒倉を空にした。
辻潤が、藤枝から帰った後は、当分彼はカァチャンに頭が上らなかった。
その酒代の支払いに追い回されたからだ。

朝の十時頃、彼の居を訪ねると、きまって奥の方の暗い仕事部屋で、ソバを捏ねている。
立ったまま本を読みながら、足でくったくったとそば粉を捏ねるのである。

「安ちゃん表の看板を変えにゃなるまいのう」

長い髪の毛を掻き上げながら

「なんでェ」

という。

「これじゃ足打そばだい。」

「だけどなァ安ちゃん」

「なんでェ」

「俺にもちょっくら、その足の芸術をやらして呉れんか」

草履を脱いで生れて初めてパントマイムの格好よろしくそば打ちをやった。いいご機嫌で啄木の歌を朗詠したりした。

十一文甲高、有りったけの馬鹿力を出してづっしづっしとやっていたら、貧棒座蒲団のようにぺったんこになった。

あっちこっちに黒い縞模様も出来てしまった。

「このそば食う奴因果だなァ」

「なァに、黒いそば程味がええ」

旭光座の屋根の上にはトンビがくるくる鳴いていた。

小野庵のそばは、盛りがよくて汁にコクがあると定評だ。焼津の本節を使うからだ。夜の八時頃はいつでも売切れてしまった。

彼の、本を読みながらづっしづっしとやるそば打ちが間に合わないのである。

歳月は走る。飲んだ酒が五ン合以上になると、必ずオハコ芸の「ギロチン節」を踊り出す、彼辻先生を初め、われわれと小野庵を巡ぐる老大家も次ぎ次ぎと昇天したし、われわれ共もそれぞれの処を得て成長したり、戦死したり、監獄に這入って修養するのも出るし、やがて、敗けも終戦となった。

僕も、スマトラから、どうでもいい命をつる下げて、草臥れ果てて帰って来た。

その頃、小野庵は、新式のすばらしいそば製造機を入れて、無尽蔵にそばを売り出し、ガッチリ金を握ったという噂だったが、そのうちぽっくり死んだ。


せんだって、ある会合の帰り路東京調布の深大寺へ行って見た。

大映企画課の塚口一雄、脚本の高岩肇、伊藤道郎、作家の伊藤桂一、安部公房、あした欧州旅行へ出掛けるという桐朋学園長の生江義男氏など、一行十余人錚々たるメンバーであった。

寺の名物に無理矢理押しつけたような、軒並みのそば屋を一軒一軒覗いて歩いた。

寺の周囲にガサンガサンと竹やぶがあったり、間引きの悪い木がそのまんま伸びてしまってツンクツンクと小枝が空に拡がって、二十二軒のそば屋がひしめいていた。

仙人のランチのような山菜料理の後で出された小ざる盛りのそばの味は、ビールをしこたま呑んでいたせいかあまりうまいと思わなかった。

材料も近在ものでなく、或は向うからの輸入の粉にトロロ、卵のつなぎのようだ。

十年ばかり前、この寺の裏山一帯が植物公園になって、田ン圃や畑を買収された土地の農民が頭をひねり、その補償の金を元手にここに安直なそば屋を初めたのが深大寺そばのそもその初まり。

鄙《ひな》びた家並、デコボコ道、パランパランと生えている瘠木立、哀れな都人士はそばの味はどうでもこのあたりだけわづかに残っている薄れゆく武蔵野の面影を忘れかねて集って来るのであろう。

「手打そば、手打そば」と墨や赤い字で書いた看板がつる下がっていたが機械そばだった。

挨拶に出て来たあるじの節くれ立った手や石臼のような片平な足の裏を見ながら
「いい手打が出来るんだがな」

と、あの頃の小野庵の真ッ黒い手打そばをゆくりなくも想い出した。

その夜、大映の塚口さんの家へ泊る事になり、また飲み出した。

「お宅へ行った時食べた柳そばは美味いね、村山監督も言っていたよ」

と彼がいう。

ところが、いろいろ考えて見たが静岡にこの舌の肥えた口の悪い都人士諸君に賞められる柳そばなどという店を僕は知らないのだ。

駅前通りを右へ曲ってさ、城跡の外濠を東へ真すぐデッカイ柳の木があってさ、というから、

「あー安田屋本店の事だナ」

と合点した。

安田屋は静岡の老舗だ。静岡のそば通が自動車に乗って食いに行くそば処であった。化粧塗のタタキがしっとりといつでも水に濡れている。並んでいる机や椅子に塵一つ見た事がないし、寸分異わずキチンと神経の行きとどいている有様は見事なものだ。

そばのクラシックを生かし潔癖な位小綺麗に現代調に整理している。タタキの玉石と天井板を賞めながら僕達はかけそばを食い城下町静岡の誇りに酩酊する。われわれはあまり、東京あたりの名士に知られたくない駿府静岡の「宝もの」であったのだが……。

そば歴はウドンの如く太く長く、数代目の当屋のあるじは、かつて陸軍の少尉、私と前後をあらそう六尺の偉丈夫である。

美味求真のスローガンと客を大事にすることは定評であるが、ただし、ただ一度、この安田屋氏が客に怒やされた事がある。

この近所の女子高校の女の先生が店にやって来て「カケ二つ頂戴」と、椅子に腰を下し待つこと二十分、時々あるじがこの客の方を眼を配りながら、前後の客には後から注文したのにどんどん運ばれて行くが彼女のかけ二つはさっぱり作ってくれない。食いものの怨みは恐ろしい。とうとう彼女、生徒に号令掛けるみたいに大声挙げて「何ンしてるの、もう二十五分もたったのに！」

あるじはびっくりした。若い女の事でもあるし実はかけ二つと注文したのでもう一人連れが後から来るものとばかり思い込み、そろったらすぐ出せるようにと一生懸命気を配っていたのであった。

「お連れさまが来るんじゃなかったですか」

これは安田屋あるじ一世一代の失言であった。

「連れなんてありゃしないわョッ」

と、彼女、向いの一つ丼を二人で時間をかけて食っているアベックの方を向いて「ヒイーン」をして見せた。

「それにしても、このごろの娘サンは嬉しいですなァ、人盛二つをペロリと平げてくれるなんて」

あるじニコニコと私に呟くのであるが、あにはからんや、このお客さんはわが家の不幸な娘であった。

そば、まんだん。小野庵、深大寺、安田屋のこと。

（1963年5月28日）

十二月八日の私

南支戦線から帰える遺骨宰領《さいりょう》の人員に加わり、ひさびさに静岡へ生きて帰って来た。いいあんばいに、来年の正月は日本米のアンモウを腹いっぱい食えるぞと、十一文七分のドタ靴を脱いでカアチャンに対面、ちょうど三日目だったと思う。「単独至急原隊へ復帰せよ」という暗号電報が飛んで来た。

こりゃ、たまらん、やられた、と、ガックリして、名古屋師団司令部へすっ飛んで、顔馴染の佐藤副官に広東行の航空搭乗券を頼んで九州がんのす飛行場へ急行、飛行場には参謀肩章やベタ金クラスが真新しいパキンパキンと折り目のついた軍服を陽に輝かせてひしめいていた。茶ン袋みたいな格好になってしまっている歴戦の野戦服を着ている、私のような、中途半端な軍属テアイは一人もいない。

十二月の初めだとはいえ、私が部隊を離れた頃は、ポカポカの内地の四月陽気の南支であったので、勿論軽装で夏服、着た切りすずめで飛行場の空ッ風の中で、あっちへ敬礼、こっち向いて申告、へいつくばって搭乗順位へ割込もうと必死に活躍したのだがどうにもこうにも駄目、一週間は望みなしという。この間に開戦ラッパが鳴った。

既に飛行場の異常な空気を察知して、これは何か戦局の転換があるぞ、と直感はしていたが、まさか米英開戦とは想像も出来なかった。

正直な処、私が何か戦局転換があるらしいと考えていた事は泥だらけの南支戦線で、早く内地へ帰えりたい一心も手伝って風のように流れていた噂の、蔣介石鎮台《ちんだい》が、手を挙げて、遅まきながら日支和平交渉が格好ついたのだと信じ、飛行場の異常な熱気に包まれてこりゃア戦争が止むぞ、とひそかにほくそ笑んでいたのに、米英と戦争状態に入れりの進軍ラッパじゃ、月とスッポン、天国と地獄だ。

そうなったら敬礼ばかりしてこみ合われていられるか、歴戦の野戦服とドタ靴と無精髭と、全長五尺九寸二分の巨躯にモノを云わせ一線部隊への帰還要員だ、特殊任務の奏待軍属だと、怒鳴り廻り陸軍の戦闘機へ割込み、台北飛行場まで脱出。ここで下ろされて二日滞在、この間に私の原隊は十二月八日未明英支国境深圳《しんせん》を突破、香港の鼻っ面、九竜飛行場を奪取、香港島一番乗りを敢行したのであった。

めしも喉に通らぬ程ムカムカして、ようやく広東飛行場へ飛立ったが、そのまま足を伸して着地点を変え、占領ホカホカの爆撃の跡も生々しく遺棄屍体、敵飛行機の残骸だらけの九竜飛行場へ一番下り（？）となったのは印象深い。

当時、私の所属していた部隊は、名実共に香港の殊勲部隊であったけれど、更にジャワを制圧、転じて暗雲のガダルカナルへ暗い海図をたどって玉砕した沼八九二六部隊であった。

（1965年12月8日「現代史研究」特集号）

八月のものがたり―せみ―

せみの鳴く八月が来た。ことしはとくに鳴き声がやかましいと思う。

水は枯れて、堀端の柳の並み木は、盆灯籠《とうろう》の花ボロのようにたれ下がって、風も死んだ。

静岡の八月の暑い昼下がり。風霜ながく老いさらばえ、それでも一生懸命にがんばっている城壁の古い石垣に寄り添って、わびしく思いをめぐらす。

ツメと頭の毛を切り、紙にくるんで、自分の死んだ後のその届け先を墨で包み紙の表に書く。着ているものを軍服に着替える時、ひと包みにして郷里へ送り返すために一枚の大きな油紙と荷ひもと、荷札二枚をひと固めにして、それと、若干の日用品、詳しくいうと歯みがき粉と舌コキのついている歯ブラシと、落とし紙と手帳とキャップのついている鉛筆などをキンチャク袋を大きくしたようなカーキ色の布袋に入れる。この袋を奉公袋と呼んだ。

あした、ゆうべ、暗雲をはらんで、日支一触即発の風雲を案じ、ひそかに家事を整理し在郷軍服や奉公袋などを点検したりして不安の日日は息もつまりそうであった。

ちょうど三十年前のきょうこのごろ、はたせるかな八月のさ中、日支事変の初の静岡連隊の動員下令の日であった。

第一陣、若者約八〇〇〇人。三日に分かれて駿府城頭の表門に集まった。親を捨て妻子に別れ一切の家業をなげうって、生きて再び帰るまじと思いつつも、どんな苦労をしても死ぬもンか、元気で家郷に帰りたいと念じながらも「死んで来るぞ」と、激動や不安の色を感激のおもてに塗り替えて必死になって歯を食いしばって…。

せみが気狂いのように鳴いていた。柳の葉は暑さになえて、プラタナスの並み木の道に送る人と送られる人びとが日がな一日いっぱいに集まった。

戦争も敗戦に近くなるころには、無念なるかな、ノボリの布地や旗ざおまでが不足勝ち。それに軍隊の動きや兵員の呑吐《どんと》が秘密裏に行なわれるようになったから、一切の歓送迎の形式が禁止されたが、初めのころの召集入隊には必ず町や村の役場の人が一人二人、隣組の人たち幾人か、それと両親兄弟妻子などがこの営門間ぎわまでノボリや旗を先頭にして粛然と送って来た。

営門の近くには二人の憲兵、時に騎馬憲兵二人を加えていかめしく立っている。

握手をしたり抱き合ったり、声をあげたり泣きべそを見せたりするものは一人もいなかった。そんなことをしたらそれこそ群衆の中で目の玉が飛び出るような大喝をくらう。堀の水

昭和十二年の晩秋、静岡市内常盤町の十二間道路を、商業学校の生徒に迎えられて行進する第一回の帰還英霊。

の中へ突き飛ばされるザマになるかも知れぬ。それが当たり前で通っていた当時の厳粛な鉄則であった。

だから三尺離れて妻の前で、顔中を真っ赤に上気して挙手の礼をし口を真一文字に結んで目だけがモノをいった。ひきつったような笑い顔を作った兵隊もあったがとんでもない方向に目をやって「丈夫でなァ、がんばってなァ」といった。

せみがガンガンと鳴いていた。カッと目を見開いた両眼には、万感の火の如く燃えてあるいはなんにも見えなかったかも知れない。汗をぬぐうような格好をして両目をふき、もう一度挙手の礼をする。要領のいい老練の応召兵は憲兵の前を足早に過ぎ、営門の太鼓橋に一歩かかるやいなや、〝歩調取れ〟の号令を掛け、大手を振って営門を登り切る。橋の頂上で歩みの歩度を少し和らげ必要以上に片手を高く振り上げて、憲兵に見えないように空に振り回す。プラタナスの木陰で顔を手でおおい体半分を堀のおもてにつんのめして目だけカッと見開いて見送っている若妻に、最後の別れを送る。

この別れの瀬戸ぎわに、彼らはふっと思った。この、最愛の人たちのために、この美しい祖国のために、自分は死ぬかも知れないとしたなら、それは仕方のないことだと。

別れの際に送る人たちは、このいで立つ若きつわもののためにどんな苦しみも我慢をして留守を守ろうぞ、と心に誓った。

ここでの集合時間が一時間前入隊時間は朝八時の人でも不安でたまらないから未明から城門付近にたむろしている人もあったし、夫を営門へ送り込み、子と別れを果たしてからもここを去りかねて堀をめぐる群青《ぐんじょう》の水の深さに語りながら暗くなるまで立ちつくす若妻や老婆もいた。

ああ、かくて軍旗もろとも、その多くの若者たちは再びこの静岡の堀をめぐる、城門に帰って来ることが出来なかった。

この人たちは上海戦の初陣《ういじん》の人たちとなった。戦果も多かったけれど、犠牲もまた大であった。その年昭和十二年十一月十五日、上陸地点からわずかに四十二キロ「太倉」の戦線でその顔ぶれを数えた時、既に一個連隊ことごとくといっていいほど傷つき、編成以来の顔ぶれは変わっていた。敵地上陸いらい戦闘日数七十余日。

彼らは、軍旗を奉じ意気軒昂《けんこう》として上海に上陸し、泥土に身を伏せて戦線の初夜を明かした。

少し空が明るんできたナ、と、ぼんやり思った。そのとたんに頭の上でシャン、シャン、ガンガンとせみが日本語で鳴き出した。油ぜみ、シャンシャンぜみ、チイチイぜみ、何百何千というせみの万歳の声であった。あるいは葬送のカネの万雷とも聞こえた。

静岡の連隊の、あの営門のせみ共が、軍服の袖にしがみついてきて、背のうや皮具にかじりついてきて、鳴いているのだと思った。そうではなかった。一面にひろがる綿畑と並み木とクリークと、それは上海の荒涼たる戦線の真っただ中であった。気がついた時にはすでに砲声銃声の地獄であった。

（１９６７年8月15日、静岡新聞）

般若湯

この寺に肝胆照らす親友の坊主が居る。金一封をたばさんで、蝉鳴く山門をくぐり方丈の部屋へ上り込むと、座敷の隅に二級酒一本が置いてある。丁度よいとこへ来た、般若湯をいっぱいいやるべェ、という。

二級酒も山門くぐると般若湯、コリャコリャと、コップにスルメでやり出した。左ウチワの坊《ボッ》さんとは異って、こっちは炎天をカメラを担いでスキッ腹で飛びさくれての帰り道、トタンに酔っ払って、知恵の出る穴と声の出る路線に少々狂いが来た。

お寺さんよ、方丈さんよ、坊さんよ、やい坊主よと、掛け声もだんだん進化して来て、ちょっくらものをたづねたいもンだときたもンだ。

そのむかし、そもそも仏教世に現われし頃ヒマラヤだか、チベットだかケンタッキーだか忘れたがヨウ、そこに生き仏みたいな坊さんが居たヨ。近隣近在住民その徳を慕い、生きている間に一度だけでもその神々しい、いやお寺だから仏々《ぶつぶつ》しいお姿をおがみたいもンだと衆生の願い、死ぬと、その名僧に一言だけでも声を掛けてもらいたいと海山はるかそのナキガラ担いで村人がやって来た。

熱風燃える砂漠をよぎり、泥土の山河を越えて三日も四日もかかってやってくるんで、寺へたどり着く時はエエカゲン腐ってしまって屍臭プンプン、だが、この坊さん偉い坊さんだからイヤな顔一つせづねんごろにとむらってくれるのだが、連日これじゃワシもたまらんときゅう余の一策それが例の払子《ほっす》だ。あーそこにあるじゃないか、そのスリコギに白熊の毛を束にしたヤツ、あれを発明して読経のあい間あい間に横縦《よこたて》に振り、屍体に群がるブンブンや蠅共を追《ぼ》っ払った。くさくてたまらンのでその匂いを消すために匂いの出る木を火にひっくべてた。それが香《こう》のはじめだゾ、と汗をふきふきどこかで聞きかじった話を適当に脚色アレンジして説法をおっ初めた。更に加えて、方丈とは十尺四方と読む。こんな伽藍、木石、ふんわりした厚座布団なんぞ末法贅沢だと、当り散らす。

ところが方丈、鼻毛一本ビクともせず「般若湯はエエもンだ。お前みたいな舌足らずの脳足りんでも山門くぐって般若湯の功徳にあづかると仲々おもろい話が出るじゃないか」と来たもンだ。

さらに追い討ちかけて「八月十五日がくるんでテメエ少々荒れてるナァ」と、トドメの一発。「荒れるもエエさ、供養になるぞ、今から俺と一緒にホーキンかついで軍人墓地の掃除を手伝え、頭を冷やしてから一膳進ぜるとしよう。」と言う。後はカンラカラカラと大口あいて笑い出す。これじゃ完全にこっちの敗けだ。
坊主の言いなりになって暗くなるまで一生懸命戦友の墓掃除、般若湯の酔いもすっ飛んで憮然悄然粛粛と、山を下るは哀れであった。

（1967年8月12日、NHK第一ラジオ）

終戦記念日

今年の終戦記念日は、静岡地方は未明から猛烈な雷雨におそわれました。朝の三時、その第一発のドカンという音と共に私は飛び起きました。表や裏の庭に、ところかまわず置きっ放しになっている鉢ものの、植木や朝顔を取り込まなければならないからです。

素人でも判る、落雷の地響き。幾十條もの閃光、屋根が跳《おど》り上がるような雨、づぶ濡れになりながら私は真暗闇《まっくらやみ》の中で鉢をかかえ込むのに一生懸命でした。

「外へ出ないでください！」と家族が蚊帳の中でふるえ上って声を上げていました。

明け方のしじまを破って、ものすごい鳴動と、滝のような雨に思わず、「まるで戦場だナ」とつぶやいたものでした。

ある、南方の島で、この状況そっくりな重爆撃下の敵前上陸の日のことを、私は、ゆっくり想い浮かべていました。

低空で、反復してやってくる敵のグラマンの太鼓をたたくような機銃掃射をくらって、灌木の中を逃げ回るのでした。

やはり、それも、朝の三時頃からヤラれて、夕方まで延数百機の集中攻撃でした。

そのうちに、ドタン、バタンという形容の外に言いようのない猛然たるスコールがやって来ました。

おかげで、その間だけグラマンがお休みになりました。

ほっとして、道端へとび出て、アンペラ作りの屋根のヒサシの下にかがみ込み、道にあふれ出す水の行辺をポカンと眺めていると、雨水で道路上が川になり、その川の片側が真っ赤な血の流れであることに気付いたのです。すぐ、そこに竹藪があって、その向うに、七つの屍体が生きたまんまの格好で横たわっていました。

そこから少し離れて、アンペラ小屋の横には重傷者らしいのが十人あまり、吹きつける雨脚《あまあし》が、体にぶつかって、シブキを上げているのです。

やっと、スコールが小止《こや》みになると、雲の切れ間から、目を射るような落陽が、金色《こんじき》の帯のように差し込んで来ました。ひと時の、静かな、美しい、戦場ではないような、雨の切れ間の風景でした。

その時、なんと、驚いたことに、そこの竹藪の中から一羽の小壽鶏が、すぐ耳元で突然鳴き出したのです。

ほんの、ちょっと間をおいて、その鳴き声はその一声に誘い出されて、数百羽のシンフォニーに、たちまち、ひろがったのです。

「小鳥共は、どこでも、日本語で鳴くのだナ」と思っていると、顔馴染《なじみ》の兵隊が二人、せいの高い敵二人を連れて自分の前を通りすぎて行くのです。

「どこへ行くのだ。」と聞くと、

「あっち」と言って、灌木の林の方へ顔を向けるのです。

それから、ものの三分もたたない頃、林の中から、パシーッ、パシーッという銃声が二つ、それといっしょに、バタッと鳥の声も止まりました。

さっきと同じ足取りで、兵隊二人だけが、私の前を帰って行くのでしたが、鉄砲の先きから白い煙りがまだ流れていました。

「ああ、俺はいま、生死の境の、遠いい戦場に居るのだナ。今度こそ、生きて帰えれそうもないナ」と思いました。

その時、その思いとカンハツを入れず、その日の第二十一波、六機編隊のグラマンがエンジンを止めたまま雲間を急降下して来て、われわれの頭上いっぱいに近づき、いっぺんに爆音をひろげ、全開の機銃掃射を浴びせかけて来たのです。

その時もまた、私は、親友の二人を失いました。

――雨と雷の音に、もみくたになりながら私は、その時の、敵前上陸のありさまを、忘れていたことまで、それから、それえと想い出しぼっ立っていたのです。

目を開くと、取り込んで来た朝顔の花が、あっち、こっちポンポンと、音がするように咲き初めているのです。

平和とは、こんなにもありがたいものか、生きていることは、こんなにもたのしいものか、と、しみじみと思うのでした。

この日、朝から、放送もテレビも、新聞も、訪ねてくれる人々の話も、戦争の想い出や、その年の、八月十五日の感慨が続きました。

歳月は遠く二十二年、けたたましい未明からの、雷雨のセイもあってか、今年ほど、しみじみと終戦記念日を噛《か》みしめた年はありませんでした。


（1967年8月19日、NHK第一ラジオ）

敬愛する人

お早ようございます。柳田芙美緒です。声には、まことに自信のない所へもって来て、この二、三日風邪でやられ、さんざんのていたらくです。いわゆる鬼のかくらんというヤツです。

私、残暑見舞のハガキの挨拶ついでに、この秋頃までに一つ二つ書きものを終りたいと思います、とつけ加え、言いたいことを吐き出しておかンと、死んでからそこらヘンが焼け残るような気がする、と、誰かの言葉を引用して近況を書き加えました。

そしたら、その返事の中に、「エンギくその悪い事をコクな」というのもあったし、「そういう言葉使いを平気で使うようになったのはお前がカレて来たせいだ。」というものもありました。

中に、一つ、ゆくりなくも、昔を想い出して懐しく思ったのは、二、三十年前に、その親友に送った一枚の葉書をわざわざ送ってよこし「お前は、この時分から、こういうヒョウキンな事を平気でやるテアイだった」と書き添えてありました。

その葉書は、たしか、私が書いたもので、文面には、「三時四十四分発の急行の、四号車へ乗れた。長崎からの船も、ボーイにチップをやるから、四番船艙の、四号室をとってくれと言ったら、四番船艙は、客の乗り手がないからチップもいらんし、一部屋《ひとへや》貸し切りでエエ、と言った」と、書いてあるのです。昭和十二年、一人ぼっちで、戦火の中支戦線へ出かける時、船の中で書いたものなのです。

がんらい私は、こうした事に、つとめてこだわらないように、意識的に反骨しているのですが、この方面で、私に輪をかけたような長者がいる。つねづね私の敬愛している人に増井慶太郎先生があります。

増井さんは、たしか八十五歳、まだ百歳には十五年もある。長いコッタといっています。声もでっかいし、血色も青年みたい、壮者を凌ぐ元気さで東奔西走、ちっとも頭が老化していないのにはあきれたものです。勲《くん》三等も受章しているし、栄誉も地位も名実共に貫録そなわっている、静岡県の重鎮ですが、この人は、毎年正月元旦、起きるが早いか、必ず祖先の墓参りをかかした事がありません。この話を、初めて聞いた時、「へへー」と、言ったら「こんな、めでたい、純粋な親孝行があるかッ」と一喝されました。以来、私もこれを真似ております。

十年ばかり前、「オレが死んだら、ポンポン煙火を出せ」というので、返事に困って、「ポンポンでいいなら、二発で三寸で、三千円だ、安いこった。」と、茶化して逃げようとすると、「馬鹿っちょい、ぽんぽん、ぽんぽん、ぽんぽん、とうんとこさ、尺玉ァ出すだァー」という。

こういう人だから、敬愛しきり、身分の異いはあるが大いに話も合う。

二、三年前、一緒に、静岡の名石展、石ですね、あの石の展示会を見てから、伊久美の山ン中へ、自動車で出掛けたのです。

豪雨の後で、相等山道が荒れていて、運転手も大苦労しているようで、少々こっちも心配になり出しました。

そそうでもあると大変だナ、そそうはない迄も、先生、内心そんな心配をしおられたら、お疲れになるだろうナ、と気づかっていると、その時、先生ぽつんと言うのです。

「こんな時に、自動車がひっくり返ったら、オレ一番にころがり出て助かるナ」

こんな冗談が出るようじゃ、安心なもンだと、「そんなに、あわててころがり出ンでもいいですよ。わしは、名カメラマンだから、最後の写真はとっておくから、ゆっくり転がり落ちてきてくださいよ。」などと、ゴタクの果てに、窓の外を見ると、ガケの下の方に、二、三人の人たちが、あっちこっちと歩いている。

「あの人たちァ、何しているずら、まさか、オレたちの、でんぐり返って落ちてくるのを待っているわけでもあるまいに」と言うと、「石をひろっているのですよ。こういう嵐の後には、いい石が転がり出ているのです」と、運転手がいう。

そこで、私が、ボソボソと、つけ加えた。

「帰りにオラ、沢歩きして石をひろいながら帰ろうかナ、馬鹿に丸っこい、ツヤツヤしたい石だと思ってひろって帰り、さっきの、静岡の名石展へ並べておいたら、みんなが、誰れかにそっくりな顔の石だなァーという」——。ここで、ちょっと、間をおいて、「よっく見たらアンタの顔だ。」と落ちを言うつもりで一息入れた途端、例の、でっかい声で、「そこから後はオレが言う。しげしげ見たらその石っころは、なアーンだ、柳田芙美緒の石頭だった、と言いたいだろう。」と来たもんだ。さすがに、年輪と、貫録の異いは、致し方の無いもンだと、しみじみと恐れ入った次第である。

（1967年8月26日、NHK第一ラジオ）

日本のいちばん長い日

〝日本のいちばん長い日〟という映画は、製作について、少しばかり関係もあって、決定原稿の台本も読んでいたので、封切を期待していた。

斜陽の映画界、精いっぱいの豪華陣容を整えた力作だという事が出来るようだ。

歴史を、ありのままに、忠実に再現したい、と台本は言っているし、登場する人物たちは、なぜこの「長い日」が日本にやって来たかについて誰れもが説明しない。

その理由は、この日一日あまりにも忙しくその試練と悩みがあまりにも強く、自分の行動にのみ追われて余裕がなかった、という。

戦後二十年を経過したいま、この映画によって日本の民族の歴史の中に、なぜこのような長い一日がやって来たかを考え直し、それを通して、もう一度「日本」と「日本人」そのものを考える契機ともならばやと、製作の態度をいう。

激動の二十四時間の記録、激しい音と、絶叫と、号令と銃声が続く。割腹する、憤死する、それらが刻明に、時によって必要以上に鮮烈に画き出されている。

私は、神経が太すぎるのか、これらの一連の出来事を、無表情に近く、観て、終わる。ただ一個所、特攻機に乗った紅顔の若者がムスビを食わえて群衆の方から、キラッと目を画面に向けて飛び立つ時、そのひとカットだけは、鮮烈に動揺し涙があふれ出た。

――映画を見て、帰える道すがら、この映画に不足している、その時限の庶民の顔や、出来事や、戦線の兵隊の顔を、頭の中で画き出し、それに連想して、あれやこれや、と、とりとめもなく想い出す。――

あの激動する、長い一日の前後の、戦線各地で絶望し、力尽きて非業な最期をとげた人々、討つに弾はなく、自分を処断する銃弾もなかった。食わずに歩いた、着る物もなかった。遺書を書く鉛筆も一枚の紙もなかった。しかも、その人たちは、終戦後所在や戦歴も不明のまま遺骨も帰ってこない。

形式のような一片の木の箱、一枚の、戦死したるものの如し、と書いた通知があったが、その頃の、日本の国内の乱世混乱の有様を、想い浮べる。―

この頃、乱軍の中にあって、兵を指揮し、迷える民衆を誘導し、その人たちのために命ある限り生きるべき方向を精いっぱい行動し従容として静かに姿を消した幾人かの、無名の指揮官と、官兵の顔も、想い浮べる。

今、遺骨は遥かなる旅を終え、故山の山河にまみえる。藤枝市瀬戸川の笑子橋にて。

昭和二十年八月十五日、私たちは、ほんとうに、「終戦」だと信じようとした。

焼けトタンのバラックに雨露をしのぎ、飢えた足で、有りったけの繊維類をつる下げてカボチャや麦や、イモのありかへ日参して生きた。はづかしい想いもした。苦しい断末のあえぎもした。それもこれも、帰えらない人たちへの罪亡ぼしだと思って耐えた。妻や子にわびて生きた。一生けんめい、運命の終戦だと、自分に言いきかせて、わづかながら面子《メンツ》をつくろって生きようとあせった。

しかし、それから間もなく私はあっち、こっちに白い赤ん坊だの、ゴボウ色をした乳呑児を抱えた、若い女たちを見るようになって、初めて、日本敗れたり、終戦という言葉は勝者のお世辞で、完全な敗戦だったと慟哭《どうこく》した。帰れない戦友の顔を想い浮かべて、号泣した。

（１９６７年９月２日、ＮＨＫ第一ラジオ）

二本松始末記

その昔、駿府公園が静岡連隊と言っていた頃、営庭の真中にふた抱えもある大きな松の木が二本あって、連隊の名物であった。

しくじりをやらかしたり、トロイ動作をとっちめられて、古兵や上官にさんざん油をしぼられての揚句、この二本松早駈けの制裁がよくあった。

兵舎と二本松の間は往復四百米、やっとこさアゴをつん出して舎前に戻って来て、「コン畜生メン、きょうはツイていないワイ」と、一息入れた途端

「オイ！その兵隊、下げ銃《つつ》、もういっぺん二本松早駈け！」

と、ぬかす。

下げ銃は、銃を右手に下げて駈け出す。肩に鉄砲を乗せて駈けるより数倍の苦しみである。連続これを五回やらせられてぶっ倒れ、バケツで水をぶっ掛けられ息を吹き返したテアイもある。

ああ、この連隊をめぐる土手の上には、亭々たる老松があっちを向き、こっちを向き、興

亡流転、哀歓の歴史を眺めて数十本立っていた。

その多くは、静岡空襲の時枯れてしまったが、連隊の二本松だけはビクともせず焼けた兵舎や荒涼たる焼け野原の市街を睥睨して立っていたが、その後終戦、丸腰のチューインガムがジープを連ねて連隊の中の、武器弾薬を接収にやって来た頃から途端にガックリ、寄り添うように立っていたこの老松は二本共連隊と運命を共にするように枯れてしまった。

この二本の根方に、築山があって、岳南神社と呼ぶ神社があった。

あんまり兵隊たちの悲願は聞き届けてくれないようだったが、連隊の守護神であった。

静岡から連隊が無くなってから、この神社の祠と石鳥居はどこへ行っちゃったのだろうと、気がかりでいたのだが、ひょんな事からこの二つのものが静岡市の中町の、しかるべき適当な処に無事に生きている事を発見した。

鳥居の方は、稲荷神社の大鳥居になっていて、昔の事はひっ知らすか、と言ったような複雑な顔をしてぼっ立っているし、ほこらの方も同じ町内の天神サンの神殿になっている。

訪ねて行くと、バツの悪いような赭顔《あから》をゆがめて座っていた。

「山河風霜、テメエとおんなじいろいろの事があったなぁ」

と言う。

「お前、あんまり真地目な兵隊じゃ無かったのう。」

と文句もいう。

仕方が無いから、てれ嗅い顔をして
「まあいいさ、形のあるうちゃぁ、一生懸命生きるべぇ。」

と、ぼくは言う。

八月、油蟬が鳴き出すと、まい年書く事やしゃべる事や、飛びさくれて歩く事が忙しくなる。生かされているノルマであると、観念はしているが。

ふだん田舎もんにとんと用のない週刊誌の腕利きや、テレビの偉サマが、センセイなどと言いながら、虎屋の羊かんや浅草海苔をつる下げたりしてやってくる。

有名な歌い手のお姫サマが、新幹線を途中下車して近所の連中をびっくりさせたりする。

こっちもだんだん図々しくなって、偉い気になってOKを出しておいては見たものの、いよいよ締め切りギリギリになってしまったり、種切れ処置なしとなると、僕はいよいよ駿府公園へ逃げ出す。

堀をふた廻りしてから、公園のなるたけ整理されていない隅っこの方の草の中にしゃがみ込んで眼をつむる。

あの時代に、短かく生きた不運な若者たちを想い出す。逢えなくなった、あまたなる人たちを瞼に浮べる。

いつもそうであるが、こうして三十分も息をしていると、四百字の十枚や二十枚はすぐ出来上がる。

生き、残されている、喜びに心をゆさぶり、こんな時ちょっと帰りの道を横道して岩久サンのザルの一枚も流し込んで帰る時、みち足りたまことにエエご気嫌の時なのである。

この舌足らずの駄文も、実は、そのエエご気嫌のさ中の、草むらからひろい出した、ある物語りのおすそ分けである。

（1968年11月1日、静岡県麺業タイムス）

静岡県の陛下を追って

昭和五年、静岡連隊へ陛下がお出ましになることになり、営庭中央の小高い二本松のある築山にお立ちになって将兵を閲兵なさることに決まった。

大元帥陛下の前へ出る時と、戦地へ出掛ける時しか使えないことになっている、一装の新銃を庫出し、二日がかりで格納油落とし。装具や備品もことごとくピカピカ。軍帽から始まって軍服、軍靴《ぐんか》、襦袢《じゅばん》、袴下《こした》、巻脚絆《まききゃはん》、靴下に至るまで、革や毛ものの匂いでプンプンする新品が各員に配給され、さあ、いよいよという日になって彼に中隊当番勤務が伝達されてガッカリ、頭にきた。

そこで二階下士官室の、鈴木福松軍曹殿の部屋へ入っていった。

「班長殿、自分は、本日中隊当番勤務交代を命令され、明日の、（ここで特別大きな声で気を付けっ！　と号令をかけ）天皇陛下行幸の（またここで休めっ！　と号令をかけ）閲兵に参加ができなく無念、残念であります。終わりっ！」と、部屋じゅうガンガンするような大声でやらかした。

班長殿は彼の直情無鉄砲を知っているので真っ赤になっておったまげ、中隊の特サン（特務曹長）のところへすっ飛んで行った。特サンはいった。

「怒ってはならんぞよ。お前はノウ、連隊で二番目という立派な大男じゃケン、適当に合う軍服と軍靴の一装が倉庫にないじゃモン、気の毒じゃが、がまんせい。中隊当番、中隊当番ってバカにするじゃないぞ。あしたのその時間は、中隊はお前一人っきりになるわけじゃ、いわば留守中隊長、留守司令官じゃ。責任は重いんじゃぞよ。な、わかったか」

かくて行幸の晴れの日、彼は、第九中隊留守司令官を不承々々、真面目に勤めた。その彼とは、無念なるかな、私のことである。


終戦ののちに、日本国天皇とマッカーサー将軍と、二人の記念写真が発表されて、いろいろの波紋を起し歴史に長く残る。あの写真を見るたびに、私は、憮然《ぶぜん》と思うのだ。

私なら、マッカーサーさん、半歩後へ退ってください。手は陛下のように下に下げてください、と言う。それを聞き入れられなかったら、お体の小さい陛下のそばに片寄ってカメラを構え、カメラアングルを下げる。ああ、無念や、あのカメラマン、不幸な人であった。

柳田芙美緒が撮影した昭和天皇（上下とも１９４６年6月、焼津市）

昭和二十一年六月。混乱、激動のさ中、陛下が静岡へ見えられた。ご洋服を召され、何一つ記章も勲章もついていなかった。びっくりした。初めて見る人間天皇のお姿であった。

MPの姿格好もそら恐ろしいような気持もしたが、私は勇気を出して撮影を願い出てみた。簡単な返事で追い返そうとするMPに、二度三度と食い下がった。そしてやっと、「遠くでめだたんように早く撮れ」とOKが出た。

天皇陛下の後になり先になり、一枚二枚と撮るうちに、MPも私がカメラを構えると、ポーズを作って撮りよいようにしてくれる。

だんだん私はずうずうしくなって、とうとう二日間、静岡、焼津、藤枝と「ハローハロー、ありがとう、サンキュ」を連発しながらお供ができた。

特にもとの静岡連隊の入口の広場においでになられた時は感動的であった。かつて昭和の初め、ここに見えられた陛下と、今ここに見る天皇のお姿とを思いくらべて感慨無量であった。

静岡の郊外の、戦災者、引揚者寮の有東寮では、長い時間いたましいお顔で慰問激励、ご下問をされたが、お帽子をひょいとおつかみになり、ややかん高いお声でお歩きの途中、そばの少年たちに、

「チチハカエッタカ」

「ハハハイルカ」

とお声をかけられるのだが、そのお言葉が呑《の》み込めず返事ができずにポカンとしているので、私が飛んで行っては、

「お父さんは戦地から帰ってきたかね」

「お母さんは元気かね」

と、口添えをするありさま。

お疲れのご様子もあったけれど、いかにもお楽しそう、微笑ましいお姿であった。土下座をしてお迎えをされるよりどんなにか陛下はお喜びであろう、と思ったりした。

私はその後二度三度と、陛下が静岡地方へお出ましになるたびに、各機関から指名委嘱《いしょく》をされて撮影を担当したのだが、戦後二十六年、時は流れた。だんだんと、お声も届かぬ、お顔も遠くでしかおがめなくなってきた。私は、カメラのファインダーに一生懸命に小さくお姿を入れて、わびしく思うこともある。


（1971年5月10日、文藝春秋臨時増刊）

護国神社

護国神社は、明治三十二年十一月、静岡市の北番町へ、招魂社という名前で造られた。昭和十七年十月、現在の柚ノ木に移転護国神社となった。過ぐる昭和十五年の、静岡市大火の焼地整理の瓦礫で水田を土盛りした地点で、敷地面積三万二千坪、祭神七万。静岡市に軍人社という社がある。夏になると名物の煙火が夜空を彩る。市民は、このかつて軍人の守護神であった軍人社の事を軍人亡と言って親しまれている。

ついせんだって、拙宅に若い青年の来客あり、遠くの方でしきりに煙火の打ち上げの音がするので、

「けうあたり、軍人亡の煙火かな」

と言うと、この青年たち、

「食いしんぼうの煙火って、何んの事ですか」

と言う。憮然として茶をすすりながら苦笑した。

あとがき

本書の出版を企画したのは２００８年夏のことだ。０９年８月５日は柳田芙美緒の生誕１００年に当たる。その足跡を、ぜひ多くの人に広く知ってもらいたい、というのが出発点だった。

柳田の写真集は戦後だけでも２冊出版されている。だが、柳田が最も愛したはずの文筆活動は、残念ながらまとまったものがない。写真ではなく、散文に焦点を当てることに迷いはなかった。さっそく、長女真由美さんの協力を得て、静岡県護国神社内の柳田スタジオに眠っている遺稿や活字になった原稿の掲載誌・紙を探し出し、整理することから作業を始めた。

柳田はこれまでさまざまなメディアに多くの文章を寄せている。本書への収録に当たっては、戦争を知らない若い読者にも手を取ってもらえるよう、比較的短く、読みやすいものを中心に選んだ。

一度活字になっているものは、文章の最後に初出を示した。特に表記のないものは、初出が確認できなかったか、未発表のものだ。

文章の一部には、今の感覚から見れば差別表現ととられかねない表現や誤解を招きかねない表現もある。しかし、それは柳田の生きた時代を映し出す一つの鏡でもあり、文章の持つ歴史性・資料性を重視する意味からも、あえて手を加えなかった。読者のご理解を得られれば幸いである。

本書の編集および「柳田芙美緒とその時代」は、静岡新聞社編集局の小笠原康晴が担当した。柳田の長女柳田真由美氏、3女稲葉夕映氏、掛川西高教諭の村瀬隆彦氏には、全般にわたって多大なご教示をいただいた。本当にありがとうございました

柳田は、静岡新聞の前身の一つ、静岡民友新聞の時代から静岡新聞とはつながりが深かった。戦中、戦後を通して多くの写真が静岡新聞の紙面を飾った。今回、静岡新聞社から本書を出版できるのも何かの縁と感謝している。

静岡連隊物語
―柳田芙美緒が書き残した戦争

静新新書　032

2009年7月7日初版発行

著　者／静岡新聞社
発行者／松井　　純
発行所／静岡新聞社
〒422-8033　静岡市駿河区登呂3-1-1
電話　054-284-1666

印刷・製本　図書印刷
・定価はカバーに表示してあります
・落丁本、乱丁本はお取替えいたします

ISBN978-4-7838-0354-6 C1295